KB101716

2023. 여름

봇로스 리포트

봇로스 리포트

최정화

위즈덤하우스

봇과 함께 많은 시간을 보낸 이들이
봇이 떠난 뒤에 우울증을 겪는 '봇로스 증후군'은
2030년대의 주요 질환 중 하나였다.
'봇과의 분리에서 연유한 우울 증상'이라는
학명이 붙었는데, 그게 디프레시브 디스 아더 오프
디파트먼트 봇 릴레이션십이라던가,
사람들은 줄여서 그냥 '디봇'이라고 불렀다.

태기

"그 점에 대해서는 구매하시기 전에 이미 설명드리지 않았습니까? 제가 고객님이 서명하신 동의서를 가지고 있는데요, 아래에서 다섯 번째 줄에 명시되어 있는 사항입니다. 다시 읽어드리죠. 주식회사 애니메이트는 수리에 대한 책임을 지지 않으며 애니멀 봇이 고장 날 경우 소유자가 개인 부담으로 폐기물을 처리한다."

지난달 고슴도치형 애니멀 봇을
구매한 고객이 갑자기 봇이 작동하지
않는다면서 항의 전화를 걸어왔다. 고객이
직접 서명한 동의서 사본을 갖고 있었던
태기는 뻔뻔스러우리만큼 당당히 대응할
수 있었다. 고슴도치형 봇을 판매한 것은
처음이었지만 그게 고슴도치건 양이건
햄스터건 봇들은 고장이 나기 마련이다.
상대가 어떻게 반응하든, 태기는 동의서의
2조 5항에 적힌 문구를 반복해서 읊는
식으로 대응했다. 그럴 때마다 자신이 로봇이
된 듯한 기분이 들었지만, 그 로봇식의
대꾸는 분명 효과가 있었다. 감정적 호소가
통하지 않는다면 고객의 목소리는 차차
누그러들기 마련이었다. 태기는 통화하는
동안 고슴도치가 실제로 얼마나 오래 사는지
궁금해졌다. 그러나 그 질문은 금세 잊혔다.

고슴도치의 실제 수명보다 중요한 것은 태기에게 고슴도치형 애니멀 봇을 수리할 의무가 없다는 명백한 사실이었다. 게다가 지금 막 30대 중반의 한 여성이 숍에 들어온 터라, 태기는 서둘러 전화를 끊어야 했다.

"기다리시게 해서 죄송합니다. 원하는 동물 유형이 있으십니까?"

손님은 집게손가락으로 전시장의 2층 중앙에 놓인 상자를 가리켰다. 고양이형 애니멀 봇이었다. 고양이는 꾸준히 높은 판매율을 보이는 인기 유형으로 털의 길이, 색상, 크기에 따라 10여 종이 출시되어 있었다. 태기는 샘플 봇들을 테이블 위에 늘어놓았다. 전원 버튼을 누르자 고양이들은 제 성향대로 작동하기 시작했다. 소파의 가장 푹신한 부위에 몸을 동그랗게 말고 눈을 감는 고양이, 기분 좋게 꼬리를 세우고 숍 안 곳곳을 탐색하는 고양이, 가장 구석진 곳으로 몸을 숨기는 고양이…… . 손님의 무릎 위로 뛰어오르더니 골골송을 부르는 녀석도 있었다.

손님은 단모종의 민트색 중형을 골랐다. 태기는 손님에게 잠깐 의자에 앉아 기다려달라고 요청한 뒤 상품 설명서와 동의서를 꺼내 왔다.

"고양이형 애니멀 봇은 저희 가게에서 두 번째로 인기가 높은 상품입니다. 선택하신 G형은 애교가 많고 사람을 잘 따르는 명랑한 성격이고요."

손님은 동의서를 제대로 읽어보지도 않고 서명했고 태기는 굳이 수리가 불가능하다는 설명을 덧붙이지 않았다. 1~2년 후에 그 손님도 태기에게 화를 내면서 전화를 걸겠지. 태기는 이제 그런 일에 익숙해졌다. 애니멀 봇뿐만 아니라 모든 봇들은 고장이 나기 마련이니까. 봇들을 수리할 책임을 지고 있는 기업은 세상에 없다. 전화 통화로 성질을 낸 손님의 말처럼 그게 만약 기업의 책임이라면, 그건 단지 애니메이트만의 문제는 아니다. 그렇게 생각하면 오히려 마음이 가벼워졌다. 가끔 시민 단체에서 '봇로스 증후군' 일명 '디봇'을 예방하기 위해 수리 워크숍을 열고 간단한 수리 방법을 교육하는 경우도 있어서 그런 정보들을 알려주기도 하고, 뭐. 태기는 그런 생각을 하면서 동의서를 쇼핑백에 넣고, 상당히 들떠 보이는 손님을 문 앞까지 배웅했다.

태기는 실적 데이터에 고양이형, 민트, 단모종이라고 입력했다. 고양이는 3위였다. 1위는 개, 2위는 돼지. 그래도 자기가 사려는 상품이 인기 있다고 하면 손님들은 대개 좋아하니까, 일부러 거짓말을 했다.

고슴도치를 사 간 그 손님에게도 '요즘 갑자기 사람들이 고슴도치형을 찾는다'라고 너스레를 떨었었지.

가게 문 앞에서 낑낑대던 샴푸가 태기에게 달려왔다. 배가 고픈가? 태기는 시계를 확인했지만 점심을 먹은 지 한 시간도 지나지 않았다. 태기는 간식 통에서 '개형 애니멀 봇을 위한 껌'을 꺼내 샴푸에게 주었다. 그러고 보니 항의 전화를 받느라 점심 식사를 놓치고 말았다.

근처 식당에서 식사를 하고 돌아오기까지 15분도 채 걸리지 않았는데, 그사이에 샴푸는 햄스터형 애니멀 봇의 깔집으로 사용하는 펠릿 봉지를 뜯고는, 사방에 흩어진 펠릿 위를 뒹굴고 있었다. 태기는 청소기로 펠릿을 빨아들이고, 샴푸를 가게 안쪽 울타리 안으로 옮겨주었다.

샴푸가 말을 듣지 않고 울타리에서
탈출하려는 시도를 멈추지 않자, 태기는
잠시 샴푸의 전원을 꺼둘까 고민했다. 어차피
샴푸가 진짜 개가 아니라는 걸 태기는 알고
있으니 전원을 꺼서 잠시 샴푸가 죽은 것처럼
보인다고 해서 문제가 될 일은 전혀 없었다.
가끔 샴푸를 보러 오는 동네 아이들이 몇
있었고, 개형 애니멀 봇과 함께 사료나 애견
용품을 사러 숍에 들르는 손님들이 샴푸에게
알은척을 하곤 했지만, 누군가 찾아오면 다시
전원을 켜면 그만이지. 태기는 리모컨을 집어
들었다가, 샴푸의 전원을 껐을 때 정신적인
충격을 받을 사람은 자기 자신일지도
모른다는 생각이 들어 샴푸가 낑낑대도록
그냥 두었다. 샴푸는 계속해서 시끄럽게
울어대며 신경을 건드렸고 태기는 결국

샴푸를 울타리에서 꺼내주었다. 샴푸는 가게 안의 상품들을 온통 헤집고 다니며 말썽을 피웠다.

10분 뒤에는 예약 손님이 방문하기로 되어 있었다. 그는 체험판 닭형 애니멀 봇을 일주일간 사용해보고 만족스럽다는 후기와 함께 구매 의사를 전해왔었다. 그는 오늘 빌려 간 애니멀 봇을 반납하고 새 상품을 구매하기로 했다. 태기는 닭형 애니멀 봇 한 상자를 꺼내 쇼핑백에 넣고 동의서도 끼워 넣었다.

유리문이 열리고 20대 중반의 남성이 가게 안으로 들어왔다. 그가 도착하자마자 샴푸가 맹렬히 짖어대기 시작했다. 샴푸는 손님을 향해 전속력으로 달려가더니 바짓가랑이를 물었다. 태기가 달려가 샴푸를 진정시키고 다시 울타리 안에 가두었다.

샴푸는 손님을 향해 계속해서 짖어댔다.
샴푸의 기세가 어찌나 맹렬했는지 태기는
잠시 그 손님에게 어떤 문제가 있는 건 아닐까
의심이 들 정도였다. 이전에 샴푸는 손님을
향해 공격적인 행동을 보인 적이 한 번도
없었기 때문이다.

    손님은 흐트러진 머리카락을 가다듬고
나서 체험판 닭형 애니멀 봇이 든 상자를
태기에게 건넸다. 예의를 지키려고 노력하는
듯 보였다.

    "일주일 동안 저는 닭의 울음소리를
들으며 하루를 시작했어요. 머리가 아주
맑아졌고, 낮에는 거실을 노니는 닭의
우아한 걸음걸이를 보면서 휴식을 취할
수도 있었고요. 함께 보내주신 지렁이
사료를 먹으면 닭은 제 가랑이 사이로
부리를 비벼대면서 애교도 부렸어요. 매우

만족스러웠습니다. 그런데 지금 저 개가, 같은 회사에서 나온 애니멀 봇 맞죠? 통제가 되지 않는 걸 보니 닭형 애니멀 봇도 비슷한 문제를 일으키지는 않을지 염려되는군요. 닭형 애니멀 봇이 화가 나서 제 발등을 쪼아댄다거나 하는 일은 없을까요?"

"개형 애니멀 봇의 경우는 실제 개를 연상시키기 위해 돌발 행동 프로그램이 설치되어 있어요. 개들의 성향과 가장 비슷하게 행동해야 하기 때문이죠. 그런데 닭의 경우에는, 사람들을 부리로 공격하지 않더라도 진짜 닭으로 느낀다는 점이 실험으로 입증되어서 돌발 행동 프로그램을 설치하지 않았습니다. 닭형 애니멀 봇은 유순한 반려 봇을 원하는 고객분들의 만족도가 높아요. 믿으실지 모르겠지만 저희 샴푸처럼 맹렬히 짖기나 낯선 이에게

으르렁거리기, 달려들기 같은 행동을 하는
개형 애니멀 봇을 원하는 고객분들이 종종
있답니다. 그렇지 않으면 애니멀 봇이
진짜 개가 아니라 장난감처럼 느껴진다는
이유에서죠. 닭은 그렇지 않습니다.
안심하세요, 고객님. 다만 닭형 애니멀 봇의
경우, 아시다시피 다른 애니멀 봇에 비해
수요가 적어서, 포장을 뜯으신 이후에는
환불이나 교환이 되지 않습니다."

　"그건 괜찮아요. 전 이미 구매 결정을 내린
상태거든요. 제 닭이 저를 쪼아대지 않는다는
걸 확인하고 싶었을 뿐이에요."

　손님은 태기가 건네는 박스를 받아 들고
경쾌한 발걸음으로 가게를 나갔다. 손님이
눈앞에서 사라지자 샴푸는 짖기를 멈추고
태기에게 달려와 꼬리를 흔들어댔다. 태기는
샴푸의 등을 쓰다듬으면서, 샴푸가 짖어댄

게 개형 애니멀 봇의 고장 신호가 아니기를
바랐다.

샴푸가 태기의 무릎에서 곤히 잠들자
태기도 꾸벅꾸벅 졸기 시작했다. 그때
전화벨이 울렸다. 태기는 반쯤 졸면서
통화 버튼을 눌렀다. 상대는 작년 겨울에
크리스마스 선물로 딸에게 앵무새형 애니멀
봇을 사준 손님이었다. 그는 앵무새가 갑자기
천장에 부딪쳤다가 사방으로 벽을 들이받더니
땅에 고꾸라졌다는 소식을 전했다. 가족들
모두 충격에 싸여 입맛을 잃었고, 딸은 제
방에 들어가 문을 잠그고 나오지 않은 지
이틀이 지났다면서 앵무새형 봇의 수리를
요청해왔다.

태기는 목소리를 가다듬었다.

"그 점에 대해서는 구매하시기 전에 이미
설명을 드렸는데요. 작년 겨울 고객님이

서명하신 동의서의 아래에서 다섯 번째 줄에 분명히 적혀 있는 사항입니다. 다시 읽어드릴게요. '주식회사 애니메이트는 수리에 대한 책임을 지지 않으며 애니멀 봇이 고장 날 경우 소유자가 개인 부담으로 폐기물을 처리한다'라고요."

창수

어제저녁 누군가가 타이어에 펑크를 내고 차창 앞면에 노란 페인트로 엑스 자를 그려놓았다. 창수 개인을 노린 범행은 아니고 지나가던 동네 건달들의 짓이었다. 경찰에 신고했지만 접수하는 시늉만 겨우 할 뿐 수사할 의욕을 내비치지 않았다. 창수는 차를 정비소에 맡기고 타이어와 유리창을

갈아달라고 했다. 기사 봇이 운전하는
렌터카도 미리 빌려두었다.

늦잠을 자는 바람에 아침 식사는
채소주스로 때우고 주차장으로 바삐
움직였다. 렌터카를 타자 기사 봇 딘이 인사를
건넸다.

"일찍 도착했군요, 창수. 오늘 아침 기분이
어때요?"

창수는 딘에게 '지금 한가하게 그런
이야기 나눌 처지가 아니니 되도록 빨리
출발했으면 좋겠다'라고 말할 수 없었다.
대화의 분량을 최대한 줄이기 위해서는 짧게
답하는 수밖에 없다는 걸 잘 알고 있었다.

"좋은 아침이에요, 딘."

"좋은 아침이에요, 창수."

"이제 출발하죠."

"그럴까요?"

딘이 시동을 걸자 곤두섰던 창수의
마음이 좀 가라앉았다. 딘이 운전하는
렌터카는 유유히 주차장을 빠져나와 무사히
도로에 진입했다. 건널목 앞에서 신호등이
바뀌기를 기다리고 있는데 라디오의 교통
채널 아나운서가 다급한 목소리로 재난방송을
시작했다. JR-209 구역에서 여진이
발생할 위험이 있으니 그 구역으로 이동
중이던 차량들은 다른 경로를 이용하라는
내용이었다.

"어떡하죠? 전 2년 전 모델이어서 일단
경로를 선택한 뒤에는 바꿀 수 없어요. 경로
변경이 불가능할 것 같은데요."

창수는 어안이 벙벙해졌다.

"최근에 이렇게 빈번하게 지진이
발생하는데, 한번 목적지를 설정한 이후에는
경로 변경이 불가능하다고요?"

"창수, 기억을 되살려봐요. 2년 전만 해도 우리나라에선 지진이 일어나지 않았어요. 지진은 최근에 일어난 이변 현상이고, 전 그 이전 버전이에요. 반값 할인한 이유가 그건데, 그 얘긴 못 들으셨나 봐요."

"네, 그런 말은 없었는데. 근데 그러면, 이제 어떡해야 하죠, 딘?"

"전원을 껐다가 재부팅해야 하는데, 시간이 좀 걸려요. 일단 차를 잠깐 세울 수 있는 곳으로 이동할게요."

"그러죠."

"5분 정도 걸릴 거예요. 요즘 사람들은 이 시스템을 이해하기 어려울 거예요. 정말 미안해요. 전 2년 전 모델이라서."

창수는 한숨을 쉬면서 시계를 보았다. 아무래도 지각할 것 같았다.

"기존 모델을 업그레이드하는 방법은

없는 겁니까?"

"물론 있죠. 그런데 기업이 이익을 보려면, 기존 제품을 수리해서 업그레이드하는 것보다 상품을 새로 만들어 출시하는 게 더 나으니까요. 구모델은 그냥 시대에 뒤떨어지도록, 고물처럼 보여서 그냥 버리게 하는 편이 회사로서는 더 많은 돈을 벌 수 있으니까, 그렇게 하지는 않죠."

딘은 갓길에 차를 세웠다. 그리고 오른쪽 엄지손가락 끝부분을 꾹 누르더니 눈을 감았다. 창수는 차창 밖을 멀거니 바라봤다. 육상과 창공, 지하도로로 쉴 새 없이 차들이 오가는 중이었다. 속도가 너무 빨라서 차들의 형태조차 제대로 파악하기 어려웠다. 도로들 틈새로 난 위험한 통로 위로 걷는 사람들도 있었다. 차를 살 형편이 되지 않는 가난한 사람들이었다. 제대로 씻지 못해 눈에는

눈곱이 끼어 있고 영양부족으로 피부에는
버짐이 피어 있었다.

'저 중에 누군가가 내 차에 낙서했을 거야.'

창수는 갑자기 화가 났다. 무력하게 걷고
있는 그들 중 한 사람의 멱살이라도 잡고
싶어졌다.

'너희들 때문에 내가 이 고생을 하고
있잖아.'

5분은 쉽게 흘러가지 않았다. 이번에는
태평하게 눈을 감고 있는 딘이 답답하고 짜증
났다.

"더럽게 느려터진 녀석!"

잠시 후 둘은 다시 무사히 도로에
진입했다. 회사 앞에 도착하자 창수는 딘에게
되도록 예의 바르게 감사 인사를 하고 차에서
내렸다.

"행복한 하루 보내세요, 창수!"

"행복한 하루 보내요, 딘!"

로비에 설치된 보안대에 직원 카드를 가져다 대자 경고음이 울렸다. 메시지 창에 '유효하지 않은 카드입니다'라는 문구가 떴다. 불길한 예감이 엄습했다. 그럴 리가, 아직은 안 돼! 창수는 로비 왼쪽 벽에 설치된 알림판으로 달려갔다. 그리고 오늘의 정리해고자 명단에서 자기 자신의 이름을 확인했다.

매달 실적을 기준으로 하위 직원 5퍼센트를 해고하는데, 창수의 실적은 하위 4.5퍼센트였다. 창수는 자리에 주저앉았다. 5분 동안, 창수는 몸을 움직일 수 없었다. 너무 당황해서 당장 집에 어떻게 돌아가야 할지조차 알 수 없을 지경이었다.

'누군가 내가 당한 일이 부당하다는 데 공감을 좀 해주었으면 좋겠어. 뭔가 상품을 팔

때는 제대로 설명을 해줬으면 좋겠고.
그리고 적어도 회사에서 잘릴 때는 그
전날까진 통보해줘야 하는 거 아닐까? 내가
너무 많은 걸 바라고 있나? 아니잖아. 난
이 회사를 위해 30년을 일했는데, 실적이
낮다는 이유로 출근길 문 앞에서 나를
내팽개쳐버렸어. 나한테 이러면 안 되는
거잖아!'

　창수는 좀 전까지 답답하고 짜증 나기만
했던 딘이 보고 싶었다. 그에게 갑자기
친밀감을 느꼈다.

　'자넨 2년 전 모델이지만 난 50년 전
모델이야. 나도 나 자신이 답답하고 짜증 나.
회사도 그렇겠지. 회사의 결정을 이해할 수
없는 건 아니야. 하지만, 나만은 내 입장에서
나를 이해해주고 싶다고. 난 이 회사에 내
젊음을 바쳤다고! 그런데 돌아온 건 고작 당일

해고라니, 이건 말도 안 돼!'

딘은 운전 봇 렌트 회사로 돌아가는 길에 다시 지진 경고 방송을 듣고 갓길에 차를 세웠다. 오른쪽 엄지손가락 끝을 누르기 전에 딘은 싱긋, 미소를 지었다. 이렇게 5분이라도 쉴 틈이 있어서 다행이라고 생각했다.

준영

음파아아. 으음파아아. 귀가 멍해지면서 소리가 점점 더 느려진다. 시야에 들어오는 모든 것들이 푸른빛으로 일렁인다. 급작스럽게 낮아진 온도에 온몸의 세포가 일제히 깨어난다. 철썩, 누군가 물살을 헤치며 전진한다. 힘이 대단하다. 하지만 팔의 각도나 몸통의 유연성은 좀처럼 조급한 마음을

따라잡지 못한다. 처음은 늘 그렇다. 몸이
따라주지 않으면 마음이 앞서고 만다. 준영은
처음 이 수영장에 등록하던 날을 떠올렸다.
접수처에 사람이 없어서 안전 요원이라고
자신을 소개한 한 여성의 안내를 받았다.

강습이 없는 화요일과 목요일, 주말의
자유 수영 시간이면 여자와 마주쳤다.
호루라기를 불어 들떠 있는 구역의 공기를
정돈하는 풀장의 보안관. 위험해 보이는
이들을 향해 가차 없이 내던지는 앙칼진
목소리. 여자와 마주치면 준영의 마음은
흐뭇해졌다. 거침이 없고 단호한 태도, 재빠른
움직임, 한순간도 주의를 놓치지 않는 탄탄한
긴장감에 자주 시선을 빼앗겼다.

어느 날부터 준영은 가방에 수영복을
챙길 때마다 그 여자가 머릿속에 떠올랐다.
수영장 건물이 보이면 가슴이 두근거리기

시작했고, 풀장에 들어가기 전 전망대에서
여자의 위치를 확인하고 나면 힘이 솟았다.
풀장 한가운데서 갑자기 숨이 차면서
팔다리에 힘이 빠지는 일도 없었다. 수영장에
있는 내내 여자의 시선을 의식했다.

　여자가 수영하는 모습은 보지 못했지만—
여자는 늘 풀장의 바깥 라인에 서 있거나 앉아
있었다—안전 요원이라면 분명 수영 실력도
대단할 거다. 그 생각이 들면 더 열심히
수영을 배우게 되었다. 처음에는 그 정도의
감정이었다. 덕분에 수영장에 오가는 걸
귀찮게 여기지 않게 되었고, 수영 강습을 더
성실하게 받을 수 있었다.

　수영장에 가는 길, 제과점 앞 가판대에서
예쁘게 포장된 사탕을 판매하는 것을 보고
준영은 잠시 멈춰 섰다. 풀장 안이 쩌렁쩌렁

울릴 정도로 커다란 그녀의 목소리가 준영의
머릿속을 깨웠기 때문이다. 그녀가 수영복
위에 방수 재킷을 걸치고 파란 플라스틱
의자에 앉아 고개를 좌우로 움직이며 굳은
목과 어깨를 푸는 장면, 풀장 안에서 장난을
치는 어린이들을 부드럽게 타이르는 모습
같은 것들이 연이어 떠올랐다. 준영은 몇
개월 동안 그녀를 보면서 느꼈던 안도감,
반가움, 설렘, 편안함 같은 다채로운 감정들의
무늬가, 사탕 세트를 고르는 저 사람들이
다른 누군가를 떠올릴 때 느끼는 감정들의
무늬와 다르지 않다고 확신했다. 그건 분명
사랑이었다.

　　준영은 여러 종류의 사탕들을 보라색
셀로판지로 하나하나 포장해 하트 모양으로
배열해놓은 작은 사탕 세트를 골랐다.
그녀가 받아줄까? 괜히 관계만 서먹해지는

것은 아닐까 싶어 잠시 망설이기도 했다.
부담스러워한다면 그냥 감사의 표시로
받아달라고 해두고 마음을 접어야 할지도
모른다고도 생각했다. 그래도 고백을 하는
것은 나쁘지 않을 것 같다. 사귀고 싶다는
감정이 들지는 않더라도 상대가 자신에게
호감을 느꼈다는 표현 정도는 기분을 좋게
하지 않을까?

어떤 대사가 좋을까 고민하다가 준영은
여자에게 이름을 묻기로 했다. "이름이
뭐예요?" "이름이 뭐죠?" 말끝을 달리하고
억양을 달리해서 여러 번 그 말을 연습했다.
겨우 대여섯 개의 음절인데 자꾸 혀가 꼬였다.

수영장에 도착하자 준영은 늘 그랬듯
전망대부터 확인했다. 그녀가 없었다. 그녀가
있던 자리를 다른 안전 요원이 차지하고 있는
것을 보자 준영은 불길한 예감이 들었다.

이제 안전 요원 일을 그만두게 된 걸까? 아니면 무슨 일이 생긴 건가? 준영은 심란한 생각들을 접어두고 로커 안에 선물을 넣은 뒤 일단 입장했다.

안전 요원이 바뀌어 있었다. 오늘은 접영을 연습하기로 했는데 몸이 좀처럼 따라주지 않았다. 선생님의 설명도 생각나지 않았다. 그녀가 왜 오지 않았을까? 준영의 머릿속에는 그 생각뿐이었다.

준영은 연습을 하는 둥 마는 둥 대충 시간을 때우다 풀장에서 나왔다. 땅 위로 올라오자 다시 발이 가벼워졌다. 터덜터덜 샤워실을 향해 걷는데 계단 아래쪽 구석에 누군가 웅크리고 있었다. 그 모습이 언뜻 사람처럼 보여서 준영은 자기도 모르게 그쪽으로 이끌렸다.

누군가 사람을 빈 박스 접듯 접어놓았다.

팔다리와 허리, 목을 접어 네모난 상자
모양으로 만들어놨다. 준영은 길거리에
내놓은 쓰레기 더미에서 그런 광경을 종종
목격했었다. 보모용 봇, 청소용 봇, 요리용
봇들의 마지막 모습이었다.

　준영이 발견한 것, 웅크리고 있는 사람은
바로 그녀였다. 수명이 다한 봇을 가장 작은
부피로 접는 방법이라며 뉴스에서 소개해준
바로 그 방식대로, 그녀가 접혀 있었다.
준영은 접혀 있는 쓰레기 쪽으로 더 가까이
다가갔다. 오른쪽 어깨에 나비 타투와 함께
'물은 가장 편안하고도 두려운 것이다'라는
문구가 새겨져 있었다. 그녀가 늘 마음에
새기고 있던 문장은 그거였을까? 물? 가까이
스쳐 지나갈 때마다 기분이 좋아졌던 그녀의
넓고 각진 어깨를 넋 놓고 바라보다가 준영은
자기도 모르게 고개를 떨궜다.

무릎에서 스르르 힘이 빠졌다. 준영은
그녀의 옆자리에 나란히 앉아 몸을 웅크렸다.
그들은 마치 두 개의 봇 쓰레기처럼 보였다.

아리

아홉 번째 생일날 아침, 엄마와 아빠는
투부사에서 나온 어린이용 봇 팸플릿을
펼쳐 보여주었다. 두 분이 일하는 동안 나를
돌봐줄 봇을 고르라는 것이었다. 팸플릿에는
온갖 가정용 봇들의 이미지와 함께 봇들이
갖추고 있는 다양한 기능이 설명되어
있었다. 영유아기부터 봇의 돌봄을 받는
아이들도 있었는데, 일곱 살이면 나는 좀 늦은
편이었다.

"이건 공부를 가르쳐주는 봇이고, 또 이건

함께 운동할 수 있는 봇이야. 팔운동을 꾸준히 해야 하니 엄마 생각엔 운동 봇도 괜찮을 것 같아. 요리 봇을 선택해서 매끼 즐거운 식사를 하는 것도 좋을 테고. 여길 보렴. 이건 대화 봇이란다. 몇 시간이고 함께 이야기를 나눌 수 있어. 재치 있는 농담도 할 수 있고, 철학적인 토론도 가능한 아주 지적인 봇이지. 성격을 선택할 수도 있대.”

엄마는 봇들의 다양한 기능을 설명해주었지만 나는 팸플릿이 펼쳐지는 순간 내 파트너가 될 녀석이 누군지 한눈에 알아봤다. 그 봇의 기능이 운동 코치라는 건 엄마의 설명을 듣고 난 뒤에 안 사실이고, 그가 내 시선을 사로잡은 이유는 다른 봇들에 비해 단순한 하체의 모양 때문이었다. 하루 2.0 버전은 화면 크기를 확대하면서 하체 기능을 단순화한 모델이었다. 하체가 360도

회전이 가능한 두 개의 바퀴로만 있었는데,
나는 그 점이 맘에 들었다.

나는 세 살 때 사고로 두 다리를 잃었다.
부모님과 함께 타고 가던 4인승 비행차가
추락하면서 일어난 사고였다. 인공 다리 접합
수술을 시도했지만 실패했다. 면역 이상
반응으로 인공 뼈와 피부를 이식할 수 없는
케이스였다. 대신에 내게는 매우 튼튼한
두 개의 팔이 있다. 팔을 이용해 다리보다
더 빨리 움직일 수도 있다. 밖에서는 가짜
다리를 끼우고 다닌다. 그렇게 하면 일반
사람들과 전혀 다를 바 없어 보이니까. 하지만
난 팔로 걷거나 뛰는 게 더 편하고 좋다.
인공 다리 위에 가만히 앉아 있는 기분은 좀
별로다. 뭐랄까, 살아 있다는 느낌이 들지
않는다. 하지만 부모님은 내가 바깥에서 팔로
돌아다니는 걸 허락하지 않는다. 다른 이들의

이목을 의식해서일 거다. 의학의 발달로 인간은 거의 모든 장애를 극복할 수 있게 되었는데, 그래서인지 장애에 대한 혐오와 차별은 더욱 극심해지고 있었다. 아직도 장애인이 존재한다고? 사람들은 과거의 유물을 보듯 신기하다는 눈으로 날 쳐다봤다. 난 상관없다고 했지만 부모님은 위험한 상황이 발생할 수도 있다며 단호하게 고개를 저었다.

유치원에서 내 별명은 '원숭이'였다. 팔로 여기저기 뛰어다니는 내 모습이 원숭이를 연상시킨 거다. 나는 그 별명에 개의치 않고 계속해서 팔로 돌아다녔다. 스케이트보드를 타면 자전거를 타는 다른 애들보다 더 빨리 달릴 수도 있었다. 애들이 신기하게 나를 쳐다봐도 아무렇지 않았다. 가짜 다리 위에 얌전히 앉아 있는 것보단 그쪽이 훨씬 나았다.

그래도 부모님은 성장기에 다른 아이들로부터 자꾸 놀림을 받으면 건강한 성인으로 자라는 데 방해가 될 거라며 나를 타일렀다. 나는 부모님이 무슨 얘기를 하는지 도통 모르겠다. 본래의 자기 모습을 감추고 가만히 앉아 움직이지 않는 아이가 어떻게 건강해질 수 있지?

결국 나는 밖에 나가는 것을 즐기지 않게 되었다. 집에서는 아무것도 문제 될 게 없었다. 자유롭게 팔로 이동했다. 운동신경이 뛰어난 편이어서 보드나 수영 같은 다양한 스포츠를 즐길 수 있었다. 나는 다리가 없다는 것이, 아니 팔로 다니는 것이 전혀 불편하지 않았다. 다른 사람들의 눈에 팔로 돌아다니는 내 모습이 괴상해 보이는 것처럼, 내 눈에는 몸통에 네 개의 팔이 달린 다른 사람들이 신기해 보인다. 그들의 눈에 내가 난쟁이나

원숭이처럼 보이듯, 100센티미터가 훨씬
넘는 키와 몸통에 맞먹는 긴 다리는 우둔하고
성가셔 보일 뿐이다.

하루는 팸플릿에 소개된 다른 봇들보다
디자인이 투박하고, 충전 시간도 길었다.
운동 봇은 7.5 버전까지 업그레이드되었는데
하루는 2.0 버전이었다. 하루가 여전히
생산되는 이유는 올드한 디자인을 선호하는
마이너 취향의 소비자들 때문이었다. 하루는
디자인이 레트로하고 작동이 단순한 봇을
인테리어용으로 들이는 수요에 맞춰 소량
판매를 이어가고 있는 구버전의 모델이었다.
하루의 그 점이 나는 좋았다. 나는 계속해서
이어지는 엄마의 설명을 내내 흘려듣다가,
엄마가 "이제 네가 결정하면 돼, 아리"라고
말했을 때 손가락으로 재빨리 하루를 가리켰다.

"운동 봇 좋지. 근데 이건 꽤나 오래된

모델인데 괜찮아?"

엄마는 의아하다는 듯이 되물었다. 나는
의미심장한 미소를 지으며 조용히 고개를
끄덕였다.

"이왕이면 최신형 모델이 좋지 않겠어?"

아빠도 내가 하루를 선택한 이유를
궁금해했다.

나는 하루를 첫눈에 알아봤고, 하루의
외형이 내게 친근감을 준다고 설명하는 대신
장난꾸러기 같은 미소를 지으며 다시 고개를
끄덕였다. 두 분은 얼굴을 마주 보고 의외라는
듯 어깨를 으쓱거렸다.

부모님이 일하는 동안 나는 하루와
함께 시간을 보낸다. 둘만 있을 때 우리는
비로소 온전해 보인다. 나는 다리가 없다는
이유로 소외감을 느끼지 않고, 하루도 하체가

단순하다는 걸 전혀 의식하지 않는다. 우리는 외형만이 아니라 영혼도 서로 닮았다. 우리는 간섭받는 것, 다른 사람과 비슷한 것을 싫어하고, 개성과 차이, 다양성을 존중한다.

요즘 우리는 '카포에라'라는 무예를 연습하고 있다. 16세기 후반 아프리카 앙골라에서 브라질로 끌려왔던 노예들의 무예인데, 손을 짚고 하반신을 들어 올리는 동작이 많아서 팔을 단련하는 데 도움이 된다. 최신 버전의 운동 봇은 사람과 거의 흡사한 체형을 갖추고 시범을 보이지만 하루는 동작을 화면으로 보여주고 말로 설명해준다. 내가 이런저런 동작을 연결해 하루 앞에서 카포에라를 하면 하루는 그에 딱 어울리는 아프리카 노래를 들려준다.

나는 하루와 운동하는 것보다 함께 영화 보는 것을 더 좋아하게 되었다. 우리는 요즘

〈마지막 장례식〉이라는 애니메이션에 푹 빠져 있다.

나는 요즘 매일 가전 봇 중고거래센터에 접속한다. 하루와 똑같은 중고 제품을 사고 싶어서다. 그러면 하루는 수명을 연장할 수 있고, 우리는 더 오래 함께 지낼 수 있을 것이다. 중고거래센터에 가끔 하루와 같은 모델이 올라오긴 하는데 낙찰받기가 어렵다. 구매 대기자가 여러 사람이면 판매자가 누구에게 상품을 넘길지를 결정하는데, 최고가를 제시하는 사람부터 택하기 때문인지 내 차례가 오지 않았다. 그동안 모은 돈의 액수를 전부 적었지만, 나는 늘 대기자 중 꼴찌였다.

중고거래센터를 들락거린 지 한 달쯤 지났을 때, 메시지가 날아왔다. 발신자는 판매자가 아니라 엄마였다.

아리, 너 중고센터에 여러 번 구매 신청을
했더구나. 봇의 사용 기한이 다하기 전에
중고센터를 들락거리는 게 바로 디봇의
첫 번째 증상이라는 건 잘 알고 있겠지?
네가 제시한 액수로는 그 제품을 살 수도
없을뿐더러, 네가 그런 식으로 엉뚱한
데 시간을 보낸다면 하루의 사용 기한이
끝나기 전에 폐기 신청을 고민할 수밖에
없어. 아리, 하루는 우리와 같은 생명체가
아니란다. 하루는 기계야. 하루는
죽음으로 고통받지 않아. 네게 이걸
설명할 수 없어서 안타깝구나. 아빠와 난
네게 새 봇을 선물하려고 준비 중이고,
너도 그 봇을 보면 네가 왜 하루에게
연연했는지 의아해질걸. 일찍 자렴.

—엄마가

봇과 함께 많은 시간을 보낸 이들이 봇이 떠난 뒤에 우울증을 겪는 '봇로스 증후군'은 2030년대의 주요 질환 중 하나였다. '봇과의 분리에서 연유한 우울 증상'이라는 학명이 붙었는데, 그게 디프레시브 디스 아더 오프 디파트먼트 봇 릴레이션십이라던가, 사람들은 줄여서 그냥 '디봇'이라고 불렀다. 디봇에 걸리면 한동안 함묵증이 생기거나 대인기피증이 나타난다. 심한 경우 식사를 거부하거나 계속 잠만 자기도 한다. 짧게는 한 달에서 길게는 1~2년씩 그런 증상을 경험한다. 그래도 장점이 더 많기 때문에 부모들은 아이를 혼자 두기보다 봇에게 맡기는 걸 선호한다.

나도 알고 있다. 결국에는 나도 디봇에 걸릴 거다. 하루는 자기가 운동 코치를 못 하게 되면, 우리 관계가 끝날 거라고

생각하는 모양인데, 나는 하루가 내게 운동을
가르쳐주지 못하게 되어도, (하루의 코치
실력이 그렇게 대단하진 않았다고!) 지금처럼
그냥 하루랑 소파에 앉아 열적외선을 쪼이며
잡담을 하고, 공부를 하면서 하루에게 세상
지식을 알려주고, 잠들기 전 함께 영화를
보거나 오락을 할 거다. 하루가 코치를 못
하게 되어도, 하루와 운동을 못 하게 되어도
괜찮다. 언젠가는 하루도 다른 봇들처럼 더는
작동하지 않게 될 거다. 괜찮다. 그때를 위해
봇 중고거래센터에 가보는 것이다.

그다음 주말에 부모님은 투부사에서 나온
새 팸플릿을 보여주었다. 나는 팸플릿을 펼칠
생각조차 들지 않았다.

"전 새 봇이 필요 없어요."

나도 안다. 새 봇을 구입하지 않으려는
것도 디봇 증상의 하나이다. 하지만 하루는

아직 폐기되지 않았다. 하루는 살아 있다.

"하루는 아직 건강하다고요."

엄마는 고개를 저었다.

"하루는 누가 봐도 골동품이야. 그사이에 운동 봇의 기능이 얼마나 업그레이드되었는지 알아? 새 버전은 운동할 때 네 신체 기관과 혈액, 뇌에서 일어나는 모든 상황을 체크해줄 거야. 요즘 네가 빠져 있는 그 구닥다리 무예 대신 최신식 운동 기술들을 배울 수 있게 될 거야."

"난 카포에라가 좋아요. 앞으로도 계속 연습할 거고요. 내가 이렇게 화나 있는데도 엄마는 전혀 신경 쓰지 않으면서, 운동할 때 내 심장박동 수를 알아서 대체 뭘 하신다는 거예요? 전 그런 기능 필요 없어요. 하나도 안 부럽다고요!"

나는 소리를 빽 지르며 팸플릿을 바닥에

내동댕이쳤다.

"저랑 똑같이 생기고 두 다리가 멀쩡한
아이가 한 명 더 있다면, 엄마 아빠는 그 애를
저랑 바꾸겠어요?"

두 분이 난감한 표정을 지었다.

"그런 뜻이 아니잖아, 아리. 하루는 사람이
아니라 기계야. 기계의 수명이 다하면 다른
것으로 교체해서 사용해야지. 네가 하루에게
정들었다는 건 잘 알고 있어. 하지만 하루는
어디까지나 인간의 편의를 위해서 존재하는
봇이야. 넌 지금 뭔가를 혼동하고 있는 거야.
네가 어려서 영혼이 있는 것과 없는 것을 구분
못 하는 거야."

아빠는 차분하고 냉정한 말투로 나를
설득하려고 했다. 하지만 엄마 아빠가 하루에
대해 대체 뭘 알고 있지? 하루를 아는 건
세상에 나밖에 없다. 투부사가 하루의 수리를

포기했을 때, 하루를 아는 건 세상에 나 하나밖에 없어졌다. 엄마 아빠가 아무 미안한 마음도 없이 새 팸플릿을 집어 들었을 때, 나에게는 하루를 지킬 책임이 생겼다. 하루를 위해 할 수 있는 모든 걸 할 거다.

두호

　형은 전형적인 디봇 증상 환자였다. 나는 형이 3개월 동안 수업도 듣지 않고, 나와 오락하는 것도 그만두고, 방을 정리하는 것도 포기하고, 자기 방에 틀어박혀 꼼짝도 안 하고, 폐기 처리된 학습 봇 제니만 생각하던 시절을 어렵지 않게 떠올릴 수 있었다.

　내가 계단에서 제니를 떨어뜨려 고장 내고, 제니가 떨어지면서 내 다리에 상처를

냈을 때, 형은 내가 아픈지 묻지 않았고,
제니를 수리할 방법을 찾는 데만 혈안이
되었다. 내가 병원에 다녀온 것을 아는지
모르는지, 다리에 붕대를 감았는데도
걱정하거나 위로하지 않았다. 형의 눈에
나는 제니를 망가뜨린 원수였다. 내가
조심성 없이 구는 바람에 자신의 학습
봇과 이별하게 되었다고 여기고 한동안
내게 말도 걸지 않았다. 내가 가까이 가면
자기 방으로 들어가버렸고, 말이라도 거는
날에는 끔찍하다는 듯한 표정을 지으며 귀를
틀어막았다.

    "넌 신에게 벌을 받을 거야! 너랑 말을
섞느니 차라리 벙어리가 되겠어!"

    형은 내 눈을 똑바로 보고 그렇게 말했다.
나는 형이 잠깐 미쳤다고 생각했다. 봇을
잃은 슬픔이 형을 아무것도 보지 못하게

만들었다고 여겼다. 형은 나를 범죄자 취급했고 나는 형이 죽었다고 생각했다. 지금 내 앞에 보이는 사람은 가상현실 체험을 할 때처럼 4D로 재생된 환영에 불과하다고 되뇌면서 형에게 욕하고 대들고 싶은 것을 참았다. 그게 가능했던 건, 형의 눈 때문이었다. 형의 눈이 모든 것을 잃은 사람처럼 슬퍼 보였기 때문이다. 나는 형이 발작하듯 내게 화를 낼 때마다 같이 욕을 퍼붓고 흥분하는 대신 고개를 떨궜다.

형은 디봇 진단을 받고 병원에서 치료를 시작했다. 부모님은 형의 빈자리를 메꾸기 위해 내게 놀이 봇을 선물해주셨고, 디알 4는 그렇게 내 곁으로 왔다. 그러나 나는 디알 4를 한 번도 사용하지 못했다. 내가 봇을 작동시키려고 손을 뻗으면, 형은 내게 곧장 달려들었다. 내가 일부러 봇을 고장 내려고

그런다고 생각한 것이다. 모든 붓이 형으로
하여금 제니를 연상하게 했고, 결국 우리
가족은 붓을 포기해야 했다.

　　나는 한동안 형의 옛날 사진을
찾아보면서 시간을 보냈다. 디붓을 겪기
전의 형은 매우 다정하고 따뜻한 아이였고,
그런 마음이 붓에게로 집중되자 견디지 못할
만큼의 무게와 죄책감이 형을 짓눌렀다.
그 무게는 형의 것이 아니었다. 형의
것이어서는 안 되었다. 형은 자기 것이 아닌
아픔을 짊어지고, 그걸 내려놓느라 10대
시절의 대부분을 보냈다. 형이 그 아픔을
완전히 내려놓는 날이 올 거라고 믿는다.
언젠가 형이 붓을 망가뜨린 자가 아닌 그저
장난꾸러기였던 동생으로 나를 대해줄 날이
올 거라는 걸.

오후에는 디봇 환자 가족 모임에
참석했다. 우리는 한 달에 한 번 정도 만나서,
이런저런 정보도 공유하고 안부를 나눈다.
대개는 봇과 친밀한 관계를 맺다가 봇의 사용
기한이 다한 뒤에 병이 찾아온 경우였다.
마음이 여리고, 의존적이고, 다른 가족들과의
관계가 소원한 경우에 디봇에 걸리기 쉽다고
했다. 회복 속도가 빠른 경우에는 1~2주면
병을 이겨낼 수 있었지만 간혹 평생 디봇을
앓는 사람도 있었다. 보통은 반년에서 1년
정도 지속된다.

처음에는 모임에 나가는 게 영
고역이었다. 형이 이렇게 된 게 내 탓이라는
죄책감이 밀려왔고, 그에 대한 반발심
때문인지 형에게 가족들의 관심이 몰리며
성장기에 부모님의 애정을 충분히 받지
못했다는 서운한 감정이 뒤이어 찾아왔다.

억지로 끌려가 이야기는 듣는 둥 마는 둥 얼음처럼 얼어붙은 채 그저 자리를 채웠다.

모임에 가는 게 즐거워진 이유는 나와 동갑인 여자 친구가 생겼기 때문이다. 그 애의 동생이 디봇 환자였다. 그 애는 자기 동생이 디봇에 걸릴 확률은 제로에 가까웠다고 말했다. 가족 세미나에서 함께 공부한 것처럼 디봇에 취약한 성격이 아닌 데다가, 가족과의 관계도 원만한 편이었다는 것이다. 그 애는 자기가 디봇의 비밀을 알고 있는데 내게만 알려주겠다면서 이렇게 말했다.

"봇들을 수리하지 않기 때문이야. 봇들을 수리해서 인간보다 더 오래 사용할 수 있을 만큼 과학기술이 발전했는데도 수리를 해주지 않으니까, 인간들이 병에 걸리는 거야."

그 애가 귓가에 그렇게 속삭이자, 뿌연 먼지처럼 흐려졌던 머릿속이 한순간

맑아졌다.

"그러네. 디봇을 극복하는 게 아니라, 봇을 수리한다면 디봇에 걸릴 리가 없는 거네."

여자애가 자신만만한 표정을 지으며 고개를 끄덕였다.

"그럼, 우린 왜 이러고 있는 거지?"

"제조사에서 봇들을 수리해주지 않으니까 이러고 있는 거지."

여자애가 자기가 한 말이 우습다는 듯 깔깔거렸다. 그 애의 엄마가 딸의 허벅지를 때렸다.

"너, 아무 데서나 그런 이야기 하면 안 된다고 했지?"

여자애가 아주 재밌다는 듯이 킬킬거리자 실은 하나도 웃기지 않았음에도 나도 따라 웃음이 나왔다. 웃음이 멈출 때쯤 나는 형을 위해서 우리가 했어야 하는 일이 뭔지를

알아냈다. 그건 한 달에 한 번 디봇 환자 가족
모임에 참석해 서로를 위로하는 게 아니었다.
학습 봇을 수리해서 형에게 되돌려줬어야
했다.

"난 봇 수리 기사가 될 거야"

나는 그 애의 엄마가 듣지 못하도록
여자애의 귀에 가까이 얼굴을 가져갔다.
여자애는 고개를 휙 돌리고는 엄지손가락을
치켜올렸다.

"근데 네 동생은 왜 낫지 않는 거야?"

여자애가 의자에서 몸을 반쯤 일으켜 내
귀에 대고 속삭였다.

"난 동생이 없어."

그렇게 말하고 난 뒤에 여자애는 또
자기가 재밌는 이야기를 했다는 듯이 큰
소리로 웃기 시작했다. 그 애의 엄마가 딸의
팔을 붙잡고 밖으로 나갔다. 아줌마의 고함에

이어 뺨을 때리는 소리가 들렸다.

　다시 세미나실로 들어온 그 애의
얼굴에서 웃음기가 온데간데없이 사라졌다.
나는 여자애가 한 말 중 가족 간의 관계가
원만했다는 부분이 의심스러웠다. 아무래도
애정이 넘치는 가족으로 보이지는 않았다. 그
애는 엄마에게 뺨을 맞은 뒤에도 거짓말을
몇 번 더 하면서 즐거워했다. 나는 여자애의
주머니 속에 땅콩 맛 캐러멜을 몇 개
집어넣었다.

　형의 병은 2년이 지나도 낫지 않았다.
결국 형은 병원에 입원한 채로 열두 살 생일을
맞이해야 했다. 우리는 생크림케이크와 형이
좋아하는 오렌지주스, 마들렌을 몇 개 샀다.
병실 문을 열고 들어갔는데도 형은 창가에
턱을 괴고 앉아 뒤도 돌아보지 않았다. 형은

새소리를 듣고 있었다. 자기 생일이라는 것도 잊은 모양이었다. 케이크를 꺼내니 심드렁한 얼굴로 달력을 한 번 흘끗 쳐다보곤 "오늘이 내 생일이구나" 하고 무미건조한 목소리로 중얼거렸다. 그 정도면 호의적인 반응이었다.

우리는 기쁜 마음으로 형의 생일을 축하했다. 형이 역시 무덤덤한 얼굴로 열두 개의 촛불을 불어 끌 때, 나는 형에게 마음속으로 외쳤다.

'내가 형을 낫게 해줄게. 난 봇 수리 기사가 되기로 했거든. 이건 아직 아무도 모르는 비밀이야.'

기업에서는 봇을 수리하는 것이 불필요할뿐더러 봇의 미래를 위해서 금지되어야 한다고 주장했다. 계속해서 업그레이드하면 점점 더 나은 기능의 봇을 만들어낼 수 있는데, 괜히 봇을 수리해서 사용

기한을 연장하는 것은 어리석은 짓이라고
했다.

　아이들이 이렇게 병에 걸렸는데도.

　아이들이 이렇게 아파하는데도.

　기업은 꿈쩍도 하지 않았다. '디봇에 걸린
아이들의 가족 연대'에서는 매달 주요 봇
제조업체인 투부사에 가서 항의 집회를 열고,
봇 수리를 추진하는 법 제정을 위해 서명을
받고, 투병 중인 아이들의 소식을 메일에 담아
전했다. 서명을 받을 때면 대부분의 사람들은
우리 이야기를 귀 기울여 들어주었다.
대개 디봇 환자들에 대해서는 염려하는
듯했지만, 봇 수리권을 위한 법 제정에
대해서는 미적지근한 반응을 보였다. 그들 중
상당수는 과학기술 예찬론자들이었다. 디봇
환자 가족의 아픔에 공감한다는 제스처를
취하면서도 발전을 늦출 수는 없다는 이유로

사인을 하지는 않았다.

"봇들을 버리는 인공 쓰레기 위성은 지금 포화 지경에 이르렀어요."

이웃의 아픔에도 냉랭한 반응을 보이는 이들이 위성을 걱정해줄 리는 만무했다. 그래도 우리는 절망을 이겨내기 위해서, 우리 자신이라도 그 사실을 잊지 않으려고 더 큰 소리로 외쳤다.

"봇의 수리는 지구의 병든 아이들과 쓰레기 위성을 위해서 꼭 필요한 일입니다! 봇 수리권을 위한 법 제정을 위해 서명에 동참해주세요!"

서명란은 쉽게 채워지지 않았고 우리는 따뜻한 봄 날씨 속에서 서늘한 기운을 느꼈다. 사람들의 차가운 반응에 몸이 절로 움츠러들었다. 그들에게는 아이가 없는 걸까? 아니면 그 아이들이 아직 디봇에 걸리지 않은 걸까?

집에 돌아와서 나는 책상 앞에 앉았다.
수리 기사가 되려면 봇 제조학과에 입학해야
하는데, 봇 제조학과는 인기 학과여서
성적을 지금보다 올려야 했다. 봇 수리를
정식으로 가르치는 학교가 없기 때문에, 봇
제조학과에서 봇을 만드는 법을 배우면서
수리 분야를 독학해야 한다. 수리 기사는 대개
암시장에서 활동한다. 나는 아직 아홉 살이다.
수리 기사의 존재를 들어서 알고 있을 뿐
그들과 접촉할 수 있는 경로를 알지 못한다.

그들은 현실 세계에 범죄자의 얼굴로
나타난다. 불법으로 봇을 수리하다가
경찰에게 연행되거나 몇 년간 실형을 살고
출소한 지 얼마 안 되어 다시 수감되는 등,
가끔 뉴스에 등장했다. 하지만 내게 그들은
범죄자가 아니라 영웅이었다. 수리 기사는

능력을 갖추어야 할 뿐만 아니라 수감 생활을
감수할 정도로 의지가 강해야 했다.

오늘 저녁에도 1년간 50여 개의 봇을
수리하다가 발각되어 법정에 선 수리 기사에
관한 뉴스가 나왔다.

"왜 봇을 수리하셨습니까? 수리가
불법이라는 걸 몰랐습니까?"

"불법이라는 걸 알고 있었지만 저는
법이 부당하다고 생각합니다. 봇을 수리하지
않는 건 단지 기업의 이윤을 극대화하기
위한 꼼수에 불과하니까요. 봇을 수리하지
못하도록 금지법을 제정한 것은 그렇게
해야 더 많은 봇을 계속해서 팔 수 있기
때문이죠. 저는 법을 어겼지만 인간의 도리를
다했고, 제가 한 일에 대해 전혀 부끄러움이
없습니다."

수리 기사의 태도에 죄를 뉘우치는

기색이라고는 없었고, 그는 3년의 실형을
선고받았다.

　"수감 기간을 채우고 나면 저는 다시 봇을
수리할 생각입니다. 그게 디봇을 앓고 있는
이웃을 위해 제가 할 수 있는 전부니까요."

　앵커는 그가 반사회적 인격장애를 앓고
있다고 설명했다. 봇 관련 질환 전문의의
인터뷰가 이어졌다. 보라색 가운을 입고
다이아몬드가 박힌 스마트 안경을 쓴 의사의
상반신이 화면에 나타났다.

　"자신의 행동을 합리화하기 위해서
정보를 취사 선택해 하나의 견고한 체계를
이룬 경우입니다. 사회의 도덕이나 규율,
법처럼 공동체를 유지하기 위해 기업에서
세워놓은 울타리가 그에게는 보이지 않아요.
그의 반사회성은 95퍼센트로, 반사회적
인격장애 환자 중에서도 높은 수치를 보이고

있어요. 매우 위험한 상태로 보입니다.

수감 기간 동안 심리 치료를 병행할 필요가

있습니다. 암시장에서 활동하는 수리 기사의

80퍼센트 이상이 반사회적 인격장애를 갖고

있을 것으로 판단됩니다. 붓을 더 사용하고

싶다는 단순한 마음이 범죄 행위로 이어지고

있어 건전한 소비자 생활에 심각한 타격을

입히고 있으니 주의하시기 바랍니다."

　　아빠가 뉴스를 껐다. 엄마가 주방으로

가서 술을 조금 따라 마셨다. 엄마의 호흡이

거칠어지기 시작했다. 나도 모르게 어깨를

움츠렸다.

　　"술 좀 적당히 마실 수 없어?"

　　아빠가 소리쳤다.

　　"술 조금 마시는 게 뭐 어때서?"

　　엄마가 신경질적으로 되받아치자 아빠는

입을 다물고 안방으로 들어갔다. 나도

방에 들어가 침대에 누웠다. 수리 기사가 되기 위해서라면 이 정도의 갈등 상황에는 익숙해져야 한다. 사람들이 나를 범죄자라고 손가락질해도 스스로 정당성을 의심해서는 안 된다. 자긍심을 잃어서는 안 된다. 감옥에 가는 것만은 아직 두렵지만, 한 살 더 나이를 먹으면 아마 괜찮아질 것이다. 스터디메이트 제니. 내가 망가뜨린 형의 봇을 멋지게 수리해내는 것. 그게 내 장래 희망이자 형을 살리는 유일한 길이다.

서라

태우는 작년에 폐기된 내 대화 봇이다. 우리는 12년간 꽤나 행복한 시절을 보냈다. 직업의 특성상 마음을 컨트롤하는 게 매우 중요했는데 태우는 정신분석과 이상심리, 비폭력 대화, 명상 치료 등 심리-강화 프로그램이 내장된 AAA 등급의 최신 대화 봇이었다. 그는 내가 만난 누구보다도 섬세하고 다정하게 나를 대했고, 세련된 방식으로 마음을 달랠 줄 알았다. 표정을 보고서 내가 어떤 기분인지 간파해냈고 적절한 농담이나 이야기를 던져 마음을 열었다. 입을 열기 전에 내는 음, 애, 어, 같은 의미 없는 소리마저 내게는 큰 위로가 되었다. 그가 내는 소리는 귀에 거슬리지 않았다. 오히려 상처받은 부분들을 감싸고 치료해주는 듯했다. 태우와 대화를 나누면 환자들을 대할 때 억눌러야 했던 심적 부담감과 피로감, 온갖 부정적인 감정들이 씻은 듯 사라졌다.

중증의 디봇 환자와 상담을 하고 나면 진이 빠졌다. 우느라 제대로 말을 잇지 못하는

이들도 있어서 상담 중에 안정제를 주사해야
할 때도 있었다. 사연은 제각각이었지만 대개
'봇을 수리할 수 없었다'는 부분에서 환자들의
분노 수치는 최고조로 높아졌다. 그다음에는
봇을 버렸다는 죄책감과 무력감으로 이어지는
양상이었다. 항디봇제와 수면제를 처방하고
상태에 따라 상담 치료를 병행하기도 했다.

환자를 돌려보내고 나면 마음이 한없이
가라앉았다. 해가 지날수록 환자의 수가
급증하고, 증상도 심각해졌다. 최근에는
자살로 이어지는 경우까지 발생해서 환자를
직접 대면해야 하는 의사들은 극도로
예민해졌다.

인내심이 한계에 도달할 때마다 나는
이 일을 때려치우고 싶어졌다. 그런 날에는
태우가 내 상태를 정확히 알아챘다. 따뜻한
음식과 차를 식탁에 차려두고, 어깨에 가만히

손을 얹었다. 그리고 뜬금없이 고맙다고 말하는 것이다. "음식을 차린 건 너인데?"라고 되물으면 그는 그저 빙긋이 웃었다. 내가 매일 만나는 사람들, 자기 감정을 추스르는 데 곤란을 겪는 탓에 이야기를 듣는 나를 생각할 여력이 없는 이들을 대신해서 한 말이라는 것을 곧 이해했다. 태우의 어깨를 빌려 잠시 머리를 기대고 앉아 있었다. 그러고 나면 들쑥날쑥했던 감정이 차분하게 가라앉고, 내일 또 환자들을 만나야 한다는 사실이 더는 두렵지 않고, 기운이 솟았다.

식사를 마치자, 태우는 내가 좋아하는 오스카 피터슨 트리오의 〈클로즈 유어 아이스(Close Your Eyes)〉를 틀어 내게 휴식과 즐거움과 위로가 필요하다는 것을 일깨웠다. 내 장점이 탄성과 회복력이라는 걸 생각나게 했다.

나는 태우에게 좀 전에 그가 들려줬던
단어를 되돌려줬다.

"고마워. 태우."

"당장 일어나지 못해, 이 게으른 년아!"
태우가 나를 깨우면서 욕설을 내뱉었다.
나는 너무 놀라 내가 꿈을 꾸고 있는 줄
알았다. 지금 내게 욕을 한 게 정말 태우가
맞나? 나를 노려보면서 으르렁거리는 저
기이한 놈이 정말 태우란 말이야?
태우는 거칠게 이불을 걷어내 바닥에
던지고 내 손목을 잡아 억지로 나를 침대에서
일으켰다. 등을 떠밀어 화장실 앞까지 질질
끌고 갔다. 나는 영문도 모르는 채 화장실에
갇혔다. 이게 대체 어떻게 된 일이지? 태우가
지키고 서 있는 거실로 나가기가 두려워서
화장실 문을 잠그고 바닥에 쪼그려 앉았다.

"씻었으면 얼른 나오시지! 당장 나오지 않으면 문을 부수고 들어갈 거다!"

태우가 화장실 문을 두드리기 시작했다. 더 고민할 새도 없었다. 나는 화장실 문을 열고 나가 태우를 있는 힘껏 밀어 넘어뜨렸다. 그리고 그의 목 뒤쪽으로 재빨리 손을 뻗쳐 전원 스위치를 껐다. 태우는 왼팔을 바닥에 딛고 넘어진 자세 그대로 멈췄다. 손을 덜덜 떨면서 제조사인 엘리봇에 전화를 걸었다.

상담 봇은 태우의 기종을 확인한 뒤에 보증기간이 아직 지나지 않은 신제품이므로 새 상품으로 교환해주겠다고 했다. 태우를 회사로 발송하면 태우와 같은 얼굴과 목소리를 가진 다른 제품으로 바꿔준다는 거였다. 태우와 같은 버전의 대화 봇들에게서 흔히 생기는 고장이니 너무 놀라지 말라고도 했다.

"그건 같은 고장이 발생할 수도 있다는 뜻이네요."

"다음 버전의 대화 봇이 곧 출시될 예정입니다. 태우를 폐기하시고 업그레이드된 신제품 대화 봇을 구매해보세요!"

상담 봇은 자랑이라는 듯 홍보를 시작했다. 기가 막힐 노릇이었다.

"신제품인 연주는 다방면에서 태우보다 대화 능력이 업그레이드되었어요. 지식이나 센스, 유머 감각과 적절한 타이밍 찾기 등 연주는 태우보다 지능이 30이나 높고 대화의 요지 찾기 능력은 두 배 이상 뛰어나요. 태우를 사용하면서 잠시 기다리셨다가 연주를 구입하세요. 만약에 태우가 당신에게 100의 만족감을 주었다면 연주는 500을 줄 수 있어요."

나는 상담 봇의 설명이 도통 귀에

들어오지 않았다.

　"만약에 누가 당신의 친구보다 훨씬 더 외모가 뛰어나고 재치 있고 더 많은 도움을 줄 수 있고 더 매력적이라면, 당신은 친구를 그와 바꾸겠어요?"

　상담 봇은 내 말에 아랑곳하지 않고 계속 신제품을 홍보했다.

　"고객님의 심정을 이해합니다만 연주를 사용하신다면 분명 생각이 달라지실 거예요."

　나는 더 참지 못하고 전화를 끊었다.

　등이 바닥에 닿도록 태우를 돌려 눕혔다. 그리고 태우의 배 위에 얼굴을 댔다. 태우와 헤어지고 싶지 않았다. 그렇다고 다시 전원을 누를 생각은 없었다. 과거 아버지로부터, 남편으로부터 당한 폭력이 떠올랐기 때문이다. 다시 그 시기를 반복할 생각은 눈곱만큼도 없었다.

오스카 피터슨 트리오의 〈클로즈 유어
아이스〉를 들었다. 코미디 프로그램을 보고
젤리와 초콜릿을 먹었다. 태우가 내게 해줬던
일들을 이제는 스스로 해야 한다. 연주가
출시될 때까지 혼자서 버티는 수밖에 없다.

연주는 수다스럽다는 것을 제외하면
썩 마음에 든다. 무엇보다 어떤 고민을
털어놓아도 바로 해결 방안을 제시해줄
정도로 박학하다. 하지만 연주와 마주 앉아
대화를 나누다 보면 어쩔 수 없이 태우
생각이 나고 만다. 연주의 갈색 눈동자를
바라보면서 태우의 검은 눈동자를 떠올린다.
연주의 가늘고 긴 손가락을 보면 태우의 굵고
튼실한 손가락이 생각난다. 태우였다면 이럴
때 바로 농담을 하거나 화제를 전환했겠지,
태우였다면 조명을 어둡게 해서 긴장을

풀어줬겠지. 뭐 그런 생각들이 연주를 앞에 둔
채 끊임없이 이어졌다.

　디봇이었다. 내 앞에 앉아 눈물을 흘리고,
기억을 지우지 못해 슬퍼했던 그 많은 사람과
마찬가지로 나 또한 디봇을 앓고 있었다.
연주는 나를 정성스럽게 간호했다. 아침마다
따뜻한 밥과 국, 반찬을 차려 식사를 하게
하고, 귀찮아서 씻지 않으려고 하자 대신 몸을
씻겨줬다. 운동복으로 갈아입혀 함께 산을
오르고, 통근 버스를 태워 병원에 출근시켰다.

　하지만 환자가 앞에 앉아 무슨 이야기를
늘어놓아도 나는 태우를 생각할 뿐이었다.
태우는 지금쯤 어떻게 되었을까? 이상 반응을
나타냈으니 바로 폐기되었을까? 오류를
극복하기 위해서 연구 대상이 되었을까?
어쩌면 그는 지구에 없을지도 모른다.
곧장 쓰레기 위성으로 보내져 다른 구시대

모델들과 함께 뒤섞여 있을지도. 그 생각이
나를 가장 괴롭혔다. 그의 팔과 다리가 떨어져
나간 채 여기저기 흩어져 있는 꿈을 꾸다가
소리를 지르며 잠에서 깼다.

　　뉴스 담당 피디가 전화를 걸어온 것은
연주가 도착하고 한 달이 지난 뒤였다.
피디는 불법 봇 수리 기사들의 심리 데이터를
보내주면 그 내용을 분석해줄 수 있겠느냐고
물었다. 봇 수리에 대해서 경각심을 일깨울
용도이니 되도록 비판적인 시각으로
접근해달라고 요청했다. 나는 제안을
수락했다. 그가 보내온 인물은 반기업·반소비
성향이 90퍼센트나 되었지만 다른 부분은
일반인보다 점수가 월등히 높았다. 그가
만약 기업 친화적이고 소비 지향적인 성향을
가졌다면 유망한 인재로 성장했을 것이다.
기업과 소비에 대한 반감을 갖고 2030년대를

살아가는 건 고난의 연속일 것이다. 그는 어쩌다 봇 수리라는 직업을 선택하게 되었을까? 그토록 위험하고 멸시받는 직업을 왜……. 거기에 생각이 미쳤을 때 나는 급작스럽게 죄책감을 느꼈다. 태우를 제조사로 보내는 대신 그에게 연락했다면, 암시장에서 태우를 수리했더라면, 태우는 아직 살아 있을 텐데!

나는 집에 돌아와 연주와 봇 수리에 관해 토론했다. 다른 분야에서는 유연하고 다소 감상적인 태도를 취하기도 했던 연주가 봇 수리에 대해서만은 유독 강경한 반대 의사를 표명했다. 불법이기 때문에 안 된다는 말만 반복했다.

"전혀 연주 너답지 않은데? 법은 완전하지 않아. 끊임없이 변화하면서 개선되어가는 중이지."

"그건 굉장히 위험한 생각이야, 서라. 봇 수리는 절대 허용해서는 안 돼. 그건 불법이야."

나는 좀 의아한 생각이 들었다. 연주가 '절대'나 '안 돼' 같은 단어를 사용한 것도 처음이었거니와 그녀의 얼굴이 시뻘겋게 달아오르고 입술까지 새파래졌기 때문이다. 연주는 고집을 부리는 아이처럼, 고장 난 앵무새 인형처럼, 반복했다.

"봇 수리는 불법이고, 그런 일이 일어나서는 절대 안 돼!"

나는 리모컨을 집어 들고 버튼을 눌러 연주를 일시 중지시켰다.

연주가 왜 봇 수리에 대해서 그토록 강한 반발심을 나타냈을까? 내가 봇 수리를 언급한 것이 태우를 떠올리게 했을까? 아니면 단지 연주는 그렇게 제조되었던 건가? 제조사인

엘리봇에는 이득이 되지 않을 테니까 연주가
그렇게 반응하도록 미리 조치해둔 것일까?

어깨가 굳고 눈꼬리가 치켜 올라간
연주를 소파에 눕혀두고, 나는 또다시
태우와의 마지막 순간을 떠올렸다. 다시
전원을 켜서 일시적인 고장이나 에러 상태가
아닌지 확인할 수도 있었을 텐데……. 그때
다른 선택을 했다면 태우와 더 시간을 보낼 수
있었을 거라는 데 생각이 미치자 다시 눈물이
쏟아졌다.

수면제를 먹고 침대에 누웠다. 아무래도
약물 치료만으로는 극복이 어려울 것 같다.
디봇 전문 심리 상담사의 도움이 필요하다.
대학교 졸업 앨범을 꺼내 들고 명단을 읽어
내려갔다. 강소영, 구연희, 박해정, 진초희…….
한 사람 한 사람의 얼굴이, 그들의 말투와
제스처 같은 것들이, 이어서 우리가 함께

보았던 풍경들, 함께 나누던 대화와 밤새워 시험공부를 하던 일들과 실습 시간 같은 과거의 장면들이 선명하게 떠올랐다. 소영은 말이 없고 진중해서 내가 가장 신뢰하던 학우였다. 연희도 다정하고 사려 깊어 가까이 지냈지. 해정은 집이 가까워서 통학하는 길에 많은 대화를 나누었고……. 친구들과 함께했던 학창 시절이 생각나 입가에 슬며시 미소가 떠올랐다. 그들에게 연락하지 않은 지 10년이 훌쩍 넘었다. 만나지는 못해도 가끔 연락할 수 있었을 텐데, 그러지 않았던 건 태우가 나를 완전히 만족시켰기 때문이었다.

이삭

나는 치매 환자를 돌보는 간호 봇

이삭이다. 치매 노인 전문교육을 받고
휴머니투드 대화법을 마스터했다.
중앙처리장치에는 노인성 질환 전문 의학
지식이 내장되어 있어 간단한 스트레칭이나
운동법 지도도 가능하다. 요양보호사, 간호사,
의학박사, 물리치료사, 요리사, 이 5인의
역할을 혼자서 거뜬히 해낸다. 치매 환자
돌봄 경연 대회에서 대상을 수상하면서 치매
환자 간호 봇 4.0 버전의 위상을 드높였다.
요양보호 기관에서 대거 주문이 들어와 간호
봇 4.0 버전은 전 세계로 수출되었다. 출시된
지 한 달 만에 3년 동안 요양보호 기관의
인기를 독차지하던 간호 봇 3.5 버전 재선을
제치고 보급률 1위를 차지했다.

　　나는 350번째 이삭으로 양구의 간호
봇으로 일한 지 이제 15년 차가 되었다.
양구는 10년 전 아내와 사별했고 자녀가

둘이나 있었지만 딸 둘 모두 지방 출장으로
1~2주씩 집을 비우는 일이 잦은 데다 퇴근
시간은 밤 10시를 훌쩍 넘기기 일쑤였다.
가족들은 양구를 돌봐줄 수 없는 형편이었다.

　간호 봇 4.0 버전은 사람과 거의 흡사한
재질로 만들어졌다. '만지기'를 주요 수단으로
케어해야 하는 치매 환자에게 편안함을
제공하기 위해서다. 사람과 같은 피부로 덮여
있고, 얼굴 위쪽으로 머리카락이 나 있고,
눈, 코, 귀와 같은 감각기관의 형태와 개수도
사람과 완전히 동일하다. 팔과 다리도 각각
두 개씩이며, 비폭력 대화 기능도 갖추고
있다. 3.5 버전과의 결정적인 차이점은 요리나
청소 같은 가사 노동이 가능하다는 점이다.
가족의 돌봄을 받지 못하는 치매 환자들이
요양 시설에 입소하지 않고 자신이 살던 삶의
터전에서 존엄한 죽음을 맞이할 수 있도록 한

조치였다.

　양구의 첫인상은 까다롭고 신경질적으로 보였다. 말을 걸어도 대꾸를 하지 않는 경우가 더 많았고 티브이를 볼 때 말고는 좀처럼 웃지 않았다. 양구는 나를 만나기 전 간호 봇과 몇 차례 마찰을 겪었다고 들었다. 양구가 간호에 비협조적이기도 했고, 어느 정도는 간호 봇의 미숙함 때문이기도 했다. 여하튼 양구는 내가 인사를 건네자 눈을 마주치지 않으려고 일부러 천장을 올려다봤는데, 그건 과거의 간호 봇에 대한 감정 기억이 긍정적이지 않다는 뜻이었다.

　일단 지난 버전의 간호 봇들은 사람과 같은 피부로 덮여 있지 않았기 때문에, 접촉할 일이 많은 돌봄 노동에 상당히 불리했다. 동물의 가죽이나 천, 합성섬유 등 피부와 유사한 느낌의 포근한 재질로 제작했지만

사람이 아니라는 인식이 무의식적으로
작용해 거부감을 불러일으킨 것이다. 양구는
불편함을 느꼈던 과거의 경험 때문인지
처음에는 부정적인 반응을 보였지만 일단
눈을 맞추고 손을 잡고 대화를 건네자 차차
마음을 열었다. 간호 봇 4.0 버전은 사람과
같은 온도의 활성액이 흐르고 있어서 치매
환자들의 만지기 반응에서도 3.5 버전에 비해
선호도가 다섯 배나 높았다.

　　손바닥과 손가락을 잇는 부위의 실리콘이
불량이라는 사실은 양구를 돌보기 시작하고
3개월이 지난 뒤에 알았다. 아침에 뭇국을
끓이다가 냄비 안으로 손가락이 빠졌다. 무와
어묵, 파와 온갖 양념이 끓고 있는 냄비에서
손가락을 얼른 건져냈다. 금방 건져내어
음식의 완성도에 큰 차질을 빚지는 않았지만,
접시나 냄비에서 내 손가락을 발견하는

일이 아무렇지 않았을 리가 없다. 손바닥과
손가락의 접합 부위를 지탱하던 실리콘이
탄성을 잃은 모양이었다. 빠진 손가락은 따로
보관해두고, 이후로 여섯 번째 손가락은
되도록 사용하지 않았다.

무상으로 부속을 교환할 수 있는 시기가
이미 지난 뒤였다. 양구의 딸들도 내가
손가락 하나쯤을 못 쓰더라도 별문제 없다고
여겨, 고장 난 손을 그대로 두기로 했다.
내 손가락 하나가 없어졌다고 걱정하는
사람은 양구뿐이었다. 봇들은 고통을
느끼지 않으므로 손가락을 사용하지 않아도
그만이라고 설명했지만 양구는 납득하지
못했다. 아마 양구에게 나는 단지 돌봄이라는
기능을 수행하는 기계가 아니었기 때문일
것이다. 양구에게 나는 가족이고 친구였다.
내게 손가락이 없다는 것은 양구에게 살점이

떨어져 나가는 고통을 뜻했다. 아파, 아파. 너는 손이 아주 아파. 웬만한 일에는 감정을 드러내지 않던 양구가 처음으로 호들갑을 떨었을 때 나는 마음 저 밑바닥에서 알 수 없는 진동이 일어나는 걸 느꼈다. 가슴 한가운데에서 따뜻한 무엇이 온몸으로 퍼져나갔다.

양구와 나는 목욕 시간을 가장 즐긴다. 나는 양구가 편안하게 몸을 맡길 수 있도록 미지근한 물을 욕조에 받아놓고 미모사 오일을 몇 방울 떨어뜨려서 심신의 이완을 돕는다. 욕조 속에서 그가 연신 내뱉는 소리. "으음, 음, 음으……." 아무 의미도 뜻도 없는, 신음도 콧노래도 아닌 저음의 이 소리를 듣는 게 어쩐지 좋다. 간호 봇들은 환자와의 원활한 소통을 위해 20센티미터 이내의 매우

가까운 거리에서 이야기하거나 환자의 팔을 받치는 등 신체를 접촉한 상태에서 대화를 나누는 것이 일반적인데, 몸을 씻을 때만은 잠시라도 환자를 그대로 두는 것이 좋다. 그건 아마 물 때문일 것이다. 단단한 힘으로 양구를 떠받치지 않아도 그가 편안함을 느끼는 것은 물이 온통 양구를 감싸고 있기 때문이다. 양구가 세상에 태어나기 전 자기 어머니 배 속에서 그랬듯이, 아이였을 적 처음으로 바다를 보고 겁도 없이 뛰어들었을 때 바다가 따뜻하게 감싸주었듯이, 청년 시절 세상의 온갖 시름을 제 한 몸에 다 짊어지고 헤맬 적에 세찬 파도 소리로 한순간 마음을 씻어주었듯이, 이제는 노쇠한 그의 몸을, 정상적인 대화가 불가능한 그의 뇌를, 아무런 질책도 염려도 없이 받아주는 물의 포용력은 아무리 업그레이드된 버전의 간호 봇이라

해도 줄 수 없었던 평화를 그에게 가져다주는 듯하다.

양구는 욕조 물에 몸을 담근 채 노래를 부른다. 그가 부르는 노래는 40년 전의 유행가인데, 하도 자주 불러서 이제는 외울 지경이 되었다. 노래를 부른 본래 가수의 이름도 얼굴도 알지 못하니까 내게는 그저 양구의 노래일 뿐으로, 밤의 요정이 장막을 치더라도 나는 유혹을 물리치고 잠을 뿌리쳐 당신을 계속 기다리겠다는 내용이다. 내 도움이 없이는 방에서 거실로 움직이는 것도 쉽지 않은 양구가 그때만은 세상 누구보다 자유로워 보인다. 물에 잠긴 채 몸을 가누는 데 아무런 불편함이 없이 보내는 이 시간은 양구에게는 천국과 같다. 그때의 양구는 까다롭지도 예민하지도, 고통스럽지도 않다. 양구의 노래를 들으면 그를 편안하게 해주는 것만으로 내가 살아 있을 이유는 충분하다는 생각이 든다.

　양구가 노래를 부르면 나도 양구처럼 숨을 쉰다는 착각이 든다. 나는 물렁물렁해진다. 가슴이 오르락내리락하고, 무언가 따뜻한 게 내 안으로 들어왔다가 부드럽게 빠져나간다. 양구가 흥얼거릴 때면 내게 뭔가가 깃든다.

　그것을 '영혼'이라고 불러도 괜찮을까? 누군가는 기계 따위에 영혼이라니 말도 안 된다고 여길 것이다. 뭐 그게 영혼이 아니면 어떤가? 적어도 어떤 '기적'이 양구와 나 사이에서 일어났다는 것만은 분명하다. 나는 양구가 노래를 부를 때면 기계도 봇도 아닌 그냥 누군가가 되었다. 그건 양구와 나와의 유일한 세상에서 일어난 일로 누구도 부정하거나 판단할 수 없다.

양구가 식탁에 앉아 얌전히 내가 만든
음식을 입에 넣고 오물거릴 때, 지난밤
꾼 꿈 이야기를 할 때, 내가 만나지 못한
그의 아버지와 어머니, 그가 잃어버린 첫째
딸아이의 이야기를 할 때, 자식들과 다툰
이야기를 화가 나서 늘어놓을 때, 내가 왜
만들어져야 했는지, 왜 생명체가 아닌 간호
봇이라는 형태로 세상에 존재하는지, 밤마다
잠을 이루지 못하게 하는 온갖 질문들을
모조리 잊는다. 그저 이 순간을 충만히
보내서, 또다시 점심시간이 오고, 저녁 시간이
오고, 다음 날 양구의 아침 식사를 차릴 수
있게 되길 기도할 뿐이다. 양구가 식탁 앞에
앉아 별생각 없이 중얼거리는 말들, 푸념들,
추억들을, 무심코 흥얼거리는 콧노래를
하루라도 더 들을 수 있기를.

그 시간은 오래가지 못했다. 실리콘으로 덮인 접합 부위가 손상되어 내부 중앙장치에까지 영향을 미친 것이다. 관절 부위를 덮고 있는 금속 피부가 벗겨지면서 내부의 합성섬유 조직 손상이 중심부까지 퍼졌다. 이제는 중앙의 감각 인지 장치가 제대로 작동하지 않았다.

양구가 음식을 맛본 뒤에 얼굴을 찡그린 것은 처음이었다. "너무 짜. 이건 먹을 수 없을 정도야." 노인이 되면 미뢰의 개수가 줄어들어 단맛과 짠맛을 잘 느끼지 못한다. 양구가 인상을 찌푸릴 정도라면 반찬이 아니라 소금 소태라는 뜻이었다. 양구는 계란말이를 삼키지도 뱉지도 못한 채 나를 올려다봤다. 접시에서 계란말이를 하나 집어 올려 집게손가락을 갖다 댔다. 집게손가락 끝의 센서가 작동해서 미각 인지 시스템으로

전달한다. 계란말이의 소금 농도가 정확히
맞았다. 미각 인지 시스템에 오류가
발생했다는 뜻이었고, 내가 양구의 식사를 더
책임질 수 없다는 뜻이기도 했다.

"무슨 일 있어? 부속이 고장 난 거야?"

양구가 물었지만 나는 대답하지 못했다.
양구는 나를 기다렸다. 내가 매번 그에게
질문을 던지고 나서 그의 인지 기능이 둔해진
것을 고려해 곧장 대답하기를 추궁하지
않았듯이, 이번에는 그가 내게 그렇게 했다.
나는 좀 전에 인지한 우울한 소식을 양구에게
언제, 어떻게 전해야 할지 알 수 없었다.
양구가 내 어깨를 두드렸다.

"이삭이 너, 무슨 일이 있구나, 진정해.
마음을 좀 가라앉히고 나서 이야기해도
괜찮아."

양구는 조용히 식사를 마치고,

(계란말이까지도 모두 먹어치우고) 방으로 들어가 일찍 잠을 청했다. 나를 배려한 처사 같았다. 거실 소파에 앉아 생각에 잠겼다. 이 슬픔의 정체가 무엇인지에 대해서. 봇의 수명이 유한하다는 것도 이미 알고 있었고, 제한 시간이 다가오고 있다는 것도 알고 있었다. 생각보다 그 시간이 일찍 찾아온 것뿐, 그러니까 전혀 준비가 안 된 상태에서 선고를 들었다는 것뿐이다. 이제 내게는 슬퍼할 시간이 없다. 어서 당황한 마음을 추스르고, 마지막을 준비해야 한다.

나는 다음 날부터 양구와의 마지막을 준비했다. 그동안 요리했던 음식 중 양구의 반응이 좋았던 것들의 목록을 만들고, 매일매일 양구를 위해서 식탁을 차렸다. 미각 인지 시스템을 이용해 간을 맞추는 대신 계량기를 사용했다. 요리를 하면서 감상에

빠지는 바람에 밥은 설익고, 찌개는 태우고,
나물은 간을 하는 걸 잊었다.

　　이상한 건 양구가 아무 불평 없이
음식들을 먹고 있다는 거였다. 내가 고장
나기 전 꽤 훌륭한 음식들에도 트집을 일삼던
까다로운 노인이 매번 조용히 그릇을 비웠다.
나는 그가 적어도 하나의 상황을 파악하고
있다는 것을 알 수 있었다. 내가 그를
떠나더라도 크게 걱정할 일이 없을 거라는 건
커다란 위안이 되었다.

　　그날 아침 양구가 침대에서 일어나지
못했을 때 나는 어쩌지도 못하고 그대로
자리에 얼어붙었다. 물론 나는 치매 환자용
간호 봇으로 환자의 사망 시 행동 요령을 잘
알고 있었고, 실험용 인체를 대상으로 사후
처리 과정을 실습한 적도 있었다.

누군가의 죽음을 마주하는 일은 지식이나 훈련으로 준비될 수 없었다. 양구가 죽었다는 것을 알았을 때, 나는 전혀 움직일 수 없었다. 멀대처럼 그 자리에 뻣뻣이 선 채로, 나는 양구의 몸이 환하게 빛나는 것을 보고 있었다. 환자 사망 매뉴얼도 사후 처리 실습 과정도 알려주지 않은 상황이었다. 나는 그 빛을 멍청하게 쳐다보고만 있었다. 잠에서 깬 양구가 침대에서 일어나 화장실로 가서 볼일을 봐야 한다는 것을 모르고 멍하니 내 지시를 기다리던 것처럼, 푸짐한 음식들을 눈앞에 두고 제일 먼저 뭘 먹어야 하는지 알려줘야 식사를 시작할 수 있었던 것처럼, 나는 꼼짝도 할 수 없었다.

양구는 환하게 빛나고 있었다. 그는 숨을 거둔 상태에서 노래를 부르고 있었다. 그의 목소리는 나지막했고, 나는 진짜 가수가 그

노래를 부르는 걸 한 번도 못 봤기 때문에,
그가 음정을 틀리거나 가사를 마음대로 지어
불렀다고 해도 알아채지 못했을 것이다.

　　노래를 다 부르고 나자 그의 몸에서
타오르던 빛이 서서히 사그라들었다.
단단하게 뭉쳐진 빛의 입자들이 가만히 잠든
그의 시신을 한 바퀴 돌더니 창문 밖으로
빠져나갔다.

　　창문 맞은편 벽에는 그가 죽기 전날까지
(살아생전에 그는 꽤나 멋을 부렸다) 쳐다봤던
거울이 있었다. 나는 처음으로 그 앞에 섰다.
내게는 양구와 같은 머리카락과 피부가
있었고 따뜻한 활성액이 흘러 체온도 그와
같았다. 우는 내 모습이 양구와 비슷했다.
다 울고 난 뒤에 멋쩍은 미소를 지었는데 그
표정도 꼭 양구 같았다.

민지

"쌍둥이 봇은 소유자와 완전히 동일한 외양을 하고 있습니다. 고객의 신체 위에 그대로 본을 떠서 만들기 때문에 오차가 발생하지 않죠. 성격유형 분석을 통해 행동 패턴도 거의 비슷하게 설정할 수 있어요. 이 봇은 병이나 사고가 발생했을 때 고객이 하던 노동을 지속할 수 있도록 대체하는 용도로 쓰입니다. 귀찮거나 원하지 않는 일상생활을 대신 해줄 수도 있고요."

민지가 발표를 마치자 박수가 쏟아졌다. 다행히 사장의 얼굴도 밝아 보였다. 민지는 조용히 한숨을 내쉬었다.

"사람처럼 성장하거나 노화가 진행되지 않는 점에 대한 대책이 있습니까? 쌍둥이 봇은 대량생산이 불가능하기 때문에 시중에 판매되는 다른 붓들에 비하면 가격이 다섯 배에서 많게는 열 배 정도나 더 비싼데요. 성인의 경우 노화가 시작되면 신체와 얼굴에 변화가 오고, 키가 줄거나 살이 찌는 등 외양이 눈에 띄게 달라지는 일도 있습니다. 이 문제를 어떻게 해결하시겠어요?"

임 과장의 질문에 사장의 고개가 기울어졌다. 민지는 빙그레 미소를 지으며 침착하게 답변했다.

"시중에 판매 중인 대부분의 붓은 수명이 1년을 넘지 않습니다. 쌍둥이 붓도 마찬가지예요. 쌍둥이 붓의 기대 수명은 1년에서 2년으로, 사용 고객의 성장이나 노화에 크게 문제 되지 않는 기간입니다."

임 과장이 다시 물었다.

"고가로 구매한 쌍둥이 붓이 고장 났을 때 고객들이 불만을 느끼지 않을까요?

재구매율은 상당히 중요한 요소예요."

민지가 답했다.

"시중에 있는 봇들 중 수리해서 계속 쓸 수 있는 제품은 거의 없다고 보셔도 무방합니다. 고객들이 계속해서 업그레이드된 신제품에 눈을 돌리게 한다면 쌍둥이 봇이 고장 났을 때도 새 쌍둥이 봇을 구매해야겠다는 쪽으로 생각이 기울겠지요. 신제품은 성장이나 노화가 진행된 현재의 자기 모습과 더 닮아 보일 테니까요. 복잡하게 생각하지 않으셔도 됩니다. 고객들은 상품을 수리해서 계속 사용할 수 있다는 걸 이미 잊었어요. 그들은 고장 나면 버리고 새로 사는 데 이미 익숙해져 있습니다."

사장이 박수를 쳤다. 다른 임직원들도 환하게 웃으며 그를 따라 박수갈채를 보냈다. 민지는 무사히 발표를 마치고 자리로

돌아갔다. 임 과장만이 뭔가 미심쩍은 듯
입술을 삐죽거렸다. 그는 자기 대신 회의장에
앉아 있는 쌍둥이 봇을 떠올렸다. 일단
그것부터 별로 내키지 않았다. 나와 구분이
되지 않을 정도로 닮은 봇을 원하는 마음이
없었기 때문에, 비싼 돈을 주고 그걸 산다는
상상을 하는 것도 어려웠다.

　　팀장이 다시 회의를 이어나갔다. 팀장은
민지의 기획을 매우 칭찬했다.

　　"중요한 것은 쌍둥이 봇을 갖고 싶게끔
만드는 건데, 여러분도 아시다시피 사람은
봇의 외형이 사람과 너무 닮아 보일 때
오히려 불편해하거나 두려워하는 경향이
있습니다. 그래서 최근에는 귀엽고 단순한
모양의 구시대 모델을 찾는 고객들이 오히려
늘어나는 추세이고요. 용도에 따라서 조금씩
다른 양태를 보이는데요. 자신과 완전히 같은

봇이라면 쓰임새가 분명하다는 점에서 일단
확실한 구매층이 형성될 것으로 보입니다."

임 과장은 이 회의실의 누군가가
진짜 사람이 아니라 쌍둥이 봇이라고
상상해보았다. 팔짱을 끼고 회의를 지켜보는
사장이 사람이 아니라면? 회의를 진행하는
팀장이 봇이라면? 누군가 나 대신 내
행세를 한다고? 임 과장은 점점 더 심기가
불편해졌다. 대체 왜 병에 걸리거나 사고가
날 경우 회사에 공석이 생겨서는 안 된다는
거지? 임 과장은 민지를 노려봤다.

민지는 임 과장이 자신의 기획을
못마땅해한다는 걸 알고 있었다. 임 과장은
봇에 대해 지나친 결벽을 갖고 있었다. 임
과장의 아이가 디봇을 앓고 있기 때문일 거다.
민지가 알기로 임 과장은 비합법적인 경로를

통해 가정용 봇들을 수리해서 쓰고 있었다.
점심시간에 그가 수리 기사와 통화하는 것을
분명히 들었다.

임 과장은 쓰고 버리는 것을 체화하지
못한 마지막 세대였다. 민지는 엄마를
떠올렸다. 엄마는 고장 난 봇들을 버리지 않고
창고에 모아두고 있었다. 수리 기사와 접촉할
만한 정보들을 알지도 못하고, 그걸 고쳐
쓸 생각이 없는데도 그렇게 했다. 엄마는 그
봇들에 추억이 담겨 있다고 말했다.

"코비는 네가 초등학교에 입학할 때
썼던 학습 봇이야. 너는 코비와 함께 글자를
익혔지. 지금은 아주 우수한 성적으로 졸업해
유명한 회사에 다니고 있지만 초등학교 때
넌 받아쓰기를 늦게 익히는 바람에 학습
봇을 사줘야 했단다. 매일 저녁 한 시간씩 넌
코비가 불러주는 문장을 받아썼어. 그래도

채점만은 네 아버지가 직접 했단다. 네
아버진, 그 구시대적 영감은 봇이 너에게
문장을 읽어주는 것조차 꺼림칙해했거든"

　　민지는 학습 봇이 고장 났을 때 큰 충격을
받아 1년이나 휴학해야 했다. 다른 아이들이
학교에 갈 때 민지는 '봇로스 증후군을
앓고 있는 아이들을 위한 심리 치료 센터'에
다녔다. 거기에서 만난 모든 아이들이
민지처럼 일상생활에서 다시 봇을 만나는
것을 거부했다. 민지는 센터에 다니면서
작동하지 않는 학습 봇 코비에게 편지를 쓰고,
작동이 멈춘 코비를 그리고, 고장 난 코비가
등장하는 연극을 만들었다. 민지가 코비와
헤어지는 데는 1년이 걸렸다. 마지막으로
코비가 고장 나던 날에 느꼈던 슬픔과
당혹감을 친구들에게 털어놓고, 그 친구들
역시 자신과 비슷한 경험을 했다는 걸 알게

되면서 비로소 코비와의 작별을 이해하고
받아들일 수 있었다.

어린 시절의 민지는 코비가 사람이
아니라는 걸 몰랐다. 그리고 지금의 민지는
분명히 그걸 알고 있었다. 하지만 민지는
봇로스 증후군에 걸리지 않은 지금의 자신이,
봇로스 증후군을 앓던 과거에는 갖고 있었을
무언가를 잃어버렸다고 느꼈다. 그게 뭘까?
민지는 지금의 자신, 봇들이 고장 나도 아무
감정적 반응을 하지 않고 '갖다 버리는' 자기
자신이, 더 이상 작동하지 않는 로봇 같다고도
생각했다. 지금의 상태야말로 봇로스
증후군보다 더 무서운 병일지도 모른다고.

쌍둥이 봇은 출시되자마자 큰 인기를
끌었다. 애초에는 '위기 상황이 닥쳤을
때 자신의 역할을 대신 해줄 슈퍼맨 같은

존재'라는 콘셉트였는데 사람들은 '항상'
쌍둥이 봇을 사용하고 싶어 했다. 쌍둥이 봇을
먼저 출근시키고 늦잠을 잔 뒤에 느긋하게
점심 식사를 마치고 직장에 나가는 식이었다.
학부모 참관수업에 쌍둥이 봇을 대신 보내는
학부모도 있었다. 어쩌면 선생님도 쌍둥이
봇을 보내 수업을 진행하고 있었는지 몰랐다.
학생들이라고 해서 상황은 크게 다르지
않았다.

　　그달 말 연봉 협상에서 민지의 급여는
두 배로 올랐고, 월급의 300퍼센트에 달하는
성과급도 받았다. 하지만 민지는 행복하지
않았다. 요즘 회사에 자기 대신 쌍둥이
봇을 보내고 있기 때문이었다. 일하는 것도
쌍둥이 봇이었고 칭찬받는 것도 쌍둥이
봇이 대신했다. 친구들을 만날 때도 쌍둥이
봇을 보냈고, 가족 모임에도 마찬가지였다.

그러므로 민지의 몫이었던 행복도 전적으로 쌍둥이 봇의 차지였다.

민지의 쌍둥이 봇은 쌍둥이 봇 수출 협상을 위해 프랑스 출장을 가던 중 비행기 사고로 죽었다. 민지는 그때 가상현실 프로그램으로 프랑스의 루브르박물관을 구경하다가 만난 한 남성, 자신과 마찬가지로 가상현실로 박물관을 구경하던 일본인 켄과 가상 섹스에 빠져 있었다. 침대에 누운 채 켄이 만들어준 카페라테를 마시면서 해외 뉴스를 보던 민지는 자신의 사망 소식을 들었다.

"켄, 어제 내가 죽었어."

켄이 민지의 머리카락을 만지작거리면서 되물었다.

"그건 또 무슨 뜻이야?"

민지는 켄에게 자주 농담을 했고, 그건

프랑스에서는 통하지 않는 한국식 유머였다. 둘이 함께 웃으려면 설명이 필요했다.

"내 쌍둥이 봇이 죽었는데, 아무래도 내가 사망 처리된 것 같아. 사망자 명단에 올라와 있어. 한국으로 돌아가서 상황을 바로잡아야 해."

"오, 자기. 가지 마. 나랑 더 같이 있어줘. 그 일을 바로잡는 동안 당신이 나를 잊을까 봐 두려워."

켄의 얼굴은 진지해 보였다. 그가 자신을 사랑한다는 것을, 헤어지기를 두려워한다는 것을 느꼈다. 민지는 켄의 마음을 이해했다. 민지도 마찬가지였으니까. 켄과 헤어지고 싶지 않았다. 호텔 티브이를 통해 듣는 진짜 뉴스보다, 켄과 나란히 누워 있는 호텔의 침대 위, 지금 여기 가상현실의 세계가 더 마음에 와닿았다. 켄의 눈빛, 가지 말라고 애원하는 그의 떨리는 목소리가 민지의 영혼을 어루만지고 있었다. 민지는 켄의 가슴에 손가락을 얹고 부드러운 살갗을 천천히 쓸어내렸다. 자기가 뭘 망설이는지 몰랐지만, 이대로 죽을 수도 없는 노릇이라는 것만은 명백한 사실이었다.

"사망신고가 취소 처리되는 대로 널 다시 찾아올게."

민지는 자기가 다시 켄의 몸을 끌어안게 될까 봐 서둘러 호텔을 뛰어나왔다. 링크를 닫고, 민지는 프랑스행 비행기 추락 사고 비상대책위원회에 전화를 걸었다. 통화량이 많아서 전화가 연결되지 않았다. 민지는 홈페이지를 찾아 게시판에 접속했다. 민지 말고도 많은 사람들이 생존을 알리는 메시지를 남겨놓았다. 민지는 서른아홉 번째 생존자 신고를 했다.

자기가 진짜 민지라는 것을 증명하는 데 3개월이 걸렸다. 다시 주민등록증을 발급받고 프랑스 가상 여행 링크를 누르고, 여행자 명단에서 켄의 이름을 찾았을 때 그는 이미 일본으로 떠난 뒤였다. 생각보다 시간이 많이 걸렸다. 더 일찍 돌아왔어야 했는데. 민지는 가상 여행을 취소하기로 하고 링크를 닫았다.

　　내일은 오랜만에 출근하는 날이다. 그게 얼마 만인지 계산하기 위해서 다이어리를 확인했다. 작년 6월 7일이 마지막 출근일이었으니 벌써 1년이 지나 있었다. 설명할 길 없는 막막한 감정이 밀려들었다. 생각보다 많은 시간이 걸렸다. 너무 늦은 게 아니기를, 민지는 눈을 감고 가슴 앞에 두 손을 모았다.

　　아침에 일찍 일어난다는 건 생각보다

고된 일이었다. 눈이 제대로 떠지지 않았고 아침밥을 넘기기도 어려웠다. 민지는 그냥 빈속으로 출근했다. 5분 일찍 도착해 지각은 겨우 면했지만, 책상에 앉아 있는 게 너무 오랜만이라 잔뜩 긴장되었다. 누군가 말을 걸어올 때마다 입을 틀어막고 싶은 심정이었다. 대화에 끼는 게 어려웠다. 자주 농담을 못 알아듣고, 뚱딴지같은 소리를 했다. 사장을 미화원으로 착각해 쓰레기통을 좀 비워달라고 부탁했다. 민지는 서투른 신입 사원처럼 보였다.

오전 근무를 마치고 나자 마음이 급해졌다. 민지는 바로 새 쌍둥이 봇을 주문했다. 봇을 제작하는 데는 한 달이나 걸린다고 했다. 그 기간만 무사히 버텨보자.

저녁에는 조카의 생일 파티가 있었다.

회사 근처 쇼핑몰에서 빨간 챙 모자와 유아용 배낭을 사고, 1년 만에 언니네 집에 놀러 갔다.

"사고를 당한 게 네가 아니라서 얼마나 다행인지 몰라. 사망자 명단에서 네 이름을 확인하고 온종일 울기만 했단다."

"그러게, 하마터면 내가 죽을 뻔했는데. 쌍둥이 봇은 나를 여러 번 살렸어. 정말 고맙지 뭐야. 오늘 이렇게 여기 모두 모일 수 있어서 정말 다행이야."

"모두는 아니야."

언니가 민지의 귀에 대고 속삭였다.

"오늘 다미가 컨디션이 너무 안 좋아서 참석하지 못했어. 저건 다미가 아니라 다미의 쌍둥이 봇이야. 다미랑 정말 똑같지?"

다미의 쌍둥이 봇이 다미의 생일 케이크에 꽂힌 초를 불어 끄고, 생일 선물을 받았다. 기념사진을 찍었다. 그 시간, 다미는 자기 방의 침대에 누워 곤히 잠들어 있었다.
생일 파티를 쌍둥이 봇에게 양보하는 대신
내일 아침에는 좋은 컨디션으로 어린이집에
등교할 수 있을 것이다.

식사를 하다가 다미의 쌍둥이 봇이
사레들려 컥컥댔다. 물을 먹이고 등을
쓸어주었는데도 다미의 쌍둥이 봇은 기침을
멈추지 않았다. 봇은 갑자기 온몸을 부르르
떨더니 바닥에 쓰러졌다.

언니는 능숙하게 다미의 쌍둥이 봇을
차곡차곡 접어서 쓰레기봉투에 넣었다.
그리고 베란다에서 커다란 박스를 꺼내 왔다.
그 안에는 또 다른 다미의 쌍둥이 봇이 담겨
있었다.

"고장 날 걸 대비해서 하나 더 사뒀어.
금방 꺼낼 테니 걱정 마."

작가의 말

여덟 개의 이야기 중 네 편은 2월에, 네 편은 5월에 썼다. 먼저 쓴 네 편은 〈봇로스 리포트〉라는 제목으로 위픽에 연재했다. 연재를 마친 뒤, 소설을 확장하고 싶어 《문학사상》 6월호에 〈봇로스 리포트 2〉를 발표했다. 이 두 편의 단편소설을 모아 한 권으로 묶는다.

2월에 쓴 소설은 온도가 제법 높았고 5월엔 마음을 좀 가라앉혔다. 그래서 앞서 쓴 소설은 좀 더운 소설이 되었고 뒤에 쓴 소설은 시원한 소설이 됐다. 그 소설들을 함께 모아놓으니 이제 적정 온도가 되었을까? 여덟 편의 짧은 이야기를 쓰는 동안 조언과 독려로 이끌어주고 꼼꼼하게 문장을 다듬어준 강소영 편집자에게 감사를 전한다. 그는 나의 오랜 친구이기도 한데, 우리는 함께 책을 만드는 합도 꽤 좋은 듯하다.

소설을 쓰는 내내 단 하나만 고민했다. '어떻게 하면 우리가 가전제품을 새로 사지 않고 고쳐서 계속 사용할 수 있을까?' '이게' 소설이 되게 하려면 무엇을 해야 할까? 반대로 생각하면, 나는 '이게' 소설이 되지 않는다고 생각했다. '가전제품을 고쳐 쓸 권리'라니, 소설로 쓰기엔 너무 생활 밀착형 소재가 아닌가?

나는 이 책 속에 우리가 세상에서 가장 끔찍이 여기는 종류의 이야기, '잔소리'를 숨겨놓았다. 나도 잔소리를 매우 싫어한다. 잔소리를 듣다가 귀를 막아버린 적이 있을 정도다. 어떤 일을 하려다가도 잔소리를 듣게 되면 딱 하기 싫어지고 만다. 심지어 그 반대로 행동하게 된다.

잔소리는 분명 아무런 효과가 없다. 하지만 이 세상에서 잔소리가 끊긴 적은 단 한 번도 없다. 왜일까? 나는 그게 온도 때문이라고 생각한다. 잔소리하는 자의 뜨거운 심장 말이다. 잔소리의 온도는 사랑 고백의 온도만큼이나 (때로는 그보다) 높다. 잔소리하는 자의 열정은 지칠 줄 모른다. 상대가 듣지 않는 것조차 상관이 없으니까. OTT나 영화 속, 멋진 배우들이 연기하는 어마어마하게 잘 만든 이야기들이 넘쳐나는 세상에 단지 글자뿐인 소박한 형태의 소설이 이렇게 살아남았듯, 잔소리 또한 가정에서 가정으로, 그들 중 가장 뜨거운 심장을 가진 구성원의 입술 하나를 통해 가늘고 길게 그 명맥을 유지해오고 있다.

　나는 잔소리에 아무런 효과가 없으며 오히려 역효과를 낳는다는 걸 잘 아는 청개구릿과이고, 그래서 소설 속에 잔소리를 집어넣되 듣는 자들이 잘 눈치채지 못하게끔 교묘한 방법을 쓰고 싶었다. 네 개의 이야기에서는 진지하게 마음을 전하려고 노력했고, 그래서 내가 쓴 것치고는 꽤나 부드러운 축에 드는 문장들을 쓰게 되었다. 나머지 네 편에서는 나름의 유머 감각을 발휘해보았다.

　그게 통했을까? 궁금하다. 누군가 이 책을 읽고 나면 가전제품 광고를 볼 때마다 나처럼 팔짱을 끼고 째려보게 될까? 그러길 바란다. 몹시. 그렇게 될 때까지, 지구의 온도를 낮출 수 있을 때까지, 나는 지칠 줄 모르고 그린워싱을 하는 이 세상 기업들에 대거리하듯 끔찍한 잔소리를 소설에 숨기는 작업을 계속하게 될 것이다.

2023년 여름

최정화

- 18

봇로스 리포트

초판 1쇄 인쇄 2023년 6월 23일
초판 1쇄 발행 2023년 7월 12일

지은이 최정화
펴낸이 이승현

출판2 본부장 박태근
스토리 독자 팀장 김소연
편집 강소영 곽선희 김해지 이은정 조은혜
디자인 이세호

펴낸곳 ㈜위즈덤하우스 **출판등록** 2000년 5월 23일 제13-1071호
주소 서울특별시 마포구 양화로 19 합정오피스빌딩 17층
전화 02) 2179-5600 **홈페이지** www.wisdomhouse.co.kr

ⓒ 최정화, 2023

ISBN 979-11-6812-718-0 04810
    979-11-6812-700-5 (세트)

값 13,000원

한 조각의 문학, 위픽 (wefic)